KB090510

이 책을 박상증 목사님께 바칩니다

일어서는 길

책을 펴낼 수 있도록 계획하고 실천에 옮길 수 있도록 인도하신 하나님께 영광을 돌립니다. 이 책에 실려 있는 이야기는 아시아 여성신학자이자 용기 있고 힘 있는 삶을 살도록 영향을 주셨던 이선애 목사님과의 인연으로부터 시작합니다.

내가 여성신학에 입문하고 학자로서 활동을 할 수 있게 된 것은 이선애 목사님의 영향이었습니다. 이선애 목사님을 만나게 된 것은 이 목사님의 남편인 박상증 목사님을 만났기에 가능했습니다. 나는 서울신학대학교 신학대학원 5차 학기 때 에큐메닉스를 강의하시는 박상증 교수님을 만났습니다. 그때 박 교수님이 하신 도전적인 말씀 한마디는 여전히 귓가에 맴돕니다. "여기서 M.Div 공부한 여학생들은 다 어디로 갔나?" 교수님은 대학원에서 남성들과 똑같이 훈련받은 인재들이 교회 현장에서 어떤 역할을 하고 있는지 물으시면서 여학생들은 물론이고 강의실에 있는 남학생들의 인식을 깨우는 말씀을 하셨습니다. 나는 그 말씀에 귀를 쫑긋하게 되었습니다. 왜냐하면 부모님의 반대를 무릅쓰고 신학대학원에 들어온 후 나는 나의 선택을 후회하면서 소명을 의심하고 있었기 때문입니다. 신학 공부를 하겠다고 잘 다니던 고등학교 교사직을 내려놓고 신대원에 들어왔으나, 내가 원하던 신학 연구보다는 목회자 양성 중심과정이라는 것을 깨닫게 되면서 많은 망설임으로 힘든 시간을 보냈습니다. 나는 대학을 졸업한 후 고등학교 교사로서 한국에서는 나름 촉망받는(?) 신붓감이었습니다. 그런 내가 어느 날 갑자기 신학 공부를 하겠다고 교사직을 그만두자 나에게 가족과 친지들은 실망의 눈초리를 보냈고 그러한 상황이 나를 위축시켰습니다. 또 한편 반대를 무릅쓰고 신학대학원에 진학해 공부를 하게 되었으나 내게는 풀리지 않는 질문도 있었습니다. '왜 여자는 남자에게 종속적이어야 하는가'이었습니다. 하나님에 대해 알고 싶은 열망으로 신학 공부를 시작했으나 여성에게 평등하지 않은 신학과 교회 현실에 대한 물음을 갖게 되었기 때문입니다.

박 교수님에게 도전적인 질문을 받고 얼마 후 1994년 5월, 나는 나의 청소년기, 청년기를 보낸 교회를 떠나 박 교수님이 사역하시는 갈현교회에서 전도사로 봉사하기로 하였습니다. 처음 교회를 방문했을 때 박 목사님은 교우들 앞에 나를 소개하시면서 이렇게 말씀하셨습니다. "강 선생이 성결교회 첫 번째 여성 목사가 될 수 있게 성도님들이 기도하면서 후원해주시기 바랍니다." 나는 그 말씀을 들을 때에 아브라함을 찾아왔던 천사들이 내년 이맘때 아이가 있을 것이라고 했을 때 사라가 웃었던 것처럼 웃었습니다. 그런데 그 말씀은 예언처럼 이루어졌습니다. 2005년 우리 교단(기독교 대한 성결교회)에서 여성안수가 허가·인준된 후 나는 2007년 교단의 헌법에 따라 정식 안수 절차를 밟은 여성 목사 1호가 되었습니다. 내가 목사가 될 수 있었고 나를 청빙한 갈현교회를 지금까지 섬길 수 있는 것은 박상중 목사님, 이선애 목사님 그리고 갈현교회 교우들의 놀라운 여성주의적 인식이 있었기 때문에 가능한 일입니다.

나는 이선애 목사님을 처음 만났던 날을 잊지 못합니다. 침상에 누워 계셨지만 방문한 나를 미소 띤 모습으로 맞아주시며 반가워하시던 음성은 또렷했습니다. 내가 이 목사님을 만났을 당시 목사님의 건강은 매우 좋지 않은 상태였습니다. 금요일 저녁 교회주보를 만들기 위해 목사님 댁을 방문할 때 마다 이 목사님은 반드시 나에게 저녁을 먹고 가라고 권하셨고 가사를 돕는 분에게 스테이크를 굽게 하시거나 불고기를 만들도록 하셨습니다. 나는 어른들과 함께 식사하는 일이 불편하여 거절하였으나 이 목사님은 당신이 먹고 싶으니 같이 먹자고 하시면서 나를 식사에 초대하셨습니다. 당시 나는 매우 외롭고 힘든 상황이었습니다. 돌이켜 보면 그때만큼 힘들고 고독한 시절은 없었습니다. 목회자의 길을 가겠다고 결심한 후 고민하고 있던 나를 이 목사님은 따뜻하게 보듬어주셨습니다.

1999년 5월 21일 하나님의 부름을 받은 그분과 나의 만남은 짧았으나, 목사님과 나눈 짧은 대화 그리고 내가 힘겨워할 때 성심껏 격려와 용기를 주신 일들을 결코 잊지 못합니다. 이 목사님의 사랑과 격려는 나의 인생 방향을 바꾸어 놓았습니다. 목사님은 내가 가졌던 신학적 질문에 답변의 실마리를 주셨고 내게 '자신감을 갖고 용기 있게 행하라'라고 격려해주시면서 하나님의 형상으로 지음받은 여성도 한 인간으로서 존중받아야 한다고 말씀해주셨습니다. 그분의 격려와 메시지는 나를 여성신학에 입문하도록 하였습니다. 그의 부드럽지만 강한 메시지와 격려에 힘입어 나는 이전보다 더욱 적극적이고 실천적인 삶을 살 수 있게 되었습니다. 결혼 후 아직 어린 두 딸을 데리고 다니면서 나는 우리 교단이 여전히 여성안수를 허가하지 않는 것을 바꾸는 운동에 참여했습니다. 또 이화여대 대학원 기독교학과에 만학도로 입학하여 본격적으로 여성주의적 신학 연구도 할 수 있었습니다. 내가 본격적으로 신학 연구를 시작하고 만학의 연구자로서 두 번째 석사학위 논문(첫 번째 석사학위 논문은 신학대학원 석사논문)을 쓸 때에 목사님은 우리 곁에 계시지 않았습니다. 나는 이선애 목사님의 생애와 사상연구를 하면서 그분에 대해서 더욱 자세히 알게 되었고 존경하는 마음이 더 커졌습니다. 목사님의 여성주의적 신학 사상연구를 하면서 그분은 아시아의 여성들에게 자신들에게 강요되는 종교의 억압적 권위로부터 벗어나도록 용기를 주었다는 것을 더욱 확신하게 되었습니다.

이 책은 두 부분으로 나뉘어 있습니다. 1부에는 이선애 목사님의 에큐메니컬 여성신학 활동에 관한 글로서 이 목사님의 생애를 중심으로 실었습니다. 이 목사님의 삶과 사상은 그분이 남긴 유작들을 통해서 살필 수 있었는데 석사논문 가운데 일부분을 수정 보완하여 읽기 쉬운 글로 옮기게 되었습니다. 이 글의 각주 가운데는 다소 생소한 표기 방법이 보일 것입니다. 나는 이 목사님이 남기신 편지가 담긴 100여 권 이상의 노트, 설교 노트, 발표되지 않은 시와 소설,

강연문, 기행문, 수필 등을 살펴보았습니다. 특별히 주목할 만한 것은 에큐메니컬 활동을 위해 전 세계의 동료들과 주고받은 편지 등 간행되지 않은 많은 글들을 논문을 쓰면서 정리·분류하여 일련번호를 붙인 것입니다. 미처 정리하지 못한 원고들이 있어서 분류 번호는 계속 이어질 것입니다. 향후 이어질 이 목사님의 여성주의 신학사상 연구에 고인의 육필원고를 포함한 귀한 자료들이 사용될 것입니다.

2부에는 옥고로 남은 이선애 목사님의 시들을 모았습니다. 저자의 혼이 담긴 잉크의 흔적을 놓치지 않으려고 애쓰면서 그대로 옮기게 되었습니다. 시인은 우리 곁에 없어서 시에 대한 느낌을 함께 나눌 수 없습니다. 그러나 장기숙 시인의 꼼꼼한 분석과 잔잔하면서 진솔한 평을 통해 시인과의 대화를 이어갈 수 있을 것입니다. 장기숙 시인은 갈현교회 권사로서 이선애 목사님과 특별한 인연이 있는 분입니다. 장기숙 시인은 결혼하여 세 아이를 낳고 기르면서 어린 소녀 시절 지녔던 꿈을 가슴에만 담아둔 채 살았습니다. 그러나 이 목사님을 만난 후 그의 삶에는 변화가 생겼습니다. 그가 지닌 잠재된 감수성을 발휘할 수 있도록 꿈을 북돋아주고 새로운 일에 도전할 수 있게 용기를 준 분이 이선애 목사님이었습니다. 지천명(知天命)을 넘긴 시기부터 장 권사님의 삶은 달라졌습니다. 시인으로 등단하셨고 현재는 해마다 시집과 수필집을 펴낼 정도로 활발한 문예 활동을 하고 존경받는 스승으로서 제자들을 길러내는 아름다운 삶을 살고 계십니다. 바쁜 가운데서도 정성껏 시평을 써 주신 장기숙 권사님께

다시 한 번 감사드립니다.

이 책을 출간할 수 있도록 용기와 격려를 아끼지 않으시고 후원해주신 박상중 목사님께 진심을 담아 존경과 감사를 드립니다. 특별히 하늘나라에 계신 이성호 선생님께 고마움을 이제야 표현합니다. 선생님은 누나 이선애 목사님에 관한 연구를 하는 제게 늘 고마워하시면서 하늘나라로 가시는 날까지 후원해주시고 격려를 아끼지 않으셨습니다. 사랑하는 두 딸과 남편, 부족한 언니를 위해 언제나 성심을 다해 큰 도움을 주는 고마운 동생, 그리고 부모님들께 감사합니다. 항상 기도로 후원해주시는 갈현교회 성도님들께도 고마운 마음을 전합니다. 졸고를 내밀면서 책을 내겠다고 했을 때 기꺼이 출간해주겠다고 하신 맑은샘 출판사 김양수 대표님께도 진심으로 감사드립니다.

2022년 한가위 날
강희수

차례

CHAPTER 1

사랑의 신비

CHAPTER 2

은하처럼 흐르다

CHAPTER 3

마음의 파랑

CHAPTER 4

모래바람 속에

이선애 목사의 삶과 에큐메니컬 여성운동

사랑하는 여러분,

여러분이 언제나 순종한 것처럼,

내가 함께 있을 때뿐만 아니라

지금과 같이 내가 없을 때에도…

두렵고 떨리는 마음으로

자기의 구원을 이루어 나가십시오.

(빌립보서 2장 12절)

이선애는 일제 강점기 1930년 이종현의 세 번째(위로 언니와 오빠가 한 명씩) 자녀로 태어나 평양에서 성장하였다. 아버지 이종현(李宗鉉)은 1902년 평양에서 태어나 특별한 교육을 받지 않고 독학을 하였으나 명필이었고 문장이 살아 있는 훌륭한 글솜씨를 지녔다. 그는 나라 사랑의 길은 자립하는 국력으로부터 시작된다고 여겨 일제 강점기에 선물거래를 할 만큼 경제적 안목을 드러내는 탁월한 상업적인 능력을 보이며 자신이 지닌 재력으로 나라 사랑을 실천하던 중 3.1 운동에 가담하여 옥고를 치르기도 하였다. 아버지의 과감한 추진력과 안목을 회상하는 이성호는 기독교로 개종한 일과 해방 후 사회변화를 보면서 남하한 일을 예로 들었다. 이종현이 9살 때 일터에서 집으로 돌아갈 때 아름다운 선율에 이끌려 간 곳이 있는데 그곳은 교회였다. 그날 이후 그는 부모님께 '예수를 믿겠다'라고 선언한 후 머리를 깎고 상투를 잘라낼 정도로 자신이 옳다고 결정한 일에 대해 과감한 결단력을 보유한 성격을 지녔다.

또 1945년 8월 15일 해방 이후 남과 북에 건국준비위원회가 각기 설립되고 북한은 조만식 선생을 건국준비위원장으로 세웠다. 이때 아버지 이종현은 평안남도 인민위원회 운수부장에 선임되었다. 그런데 조만식 선생이 실종되는 사건이 벌어지면서 정세가 악화되는 것을 느낀 아버지는 온 가족을 데리고 남하하여 서울에 정착하였다. 이때 아버지는 모든 재산과 부동산을 남겨둔 채 남쪽으로 도피하였는데 아버지의 과감한 결단력을 이선애는 크게 평가하였다.

그리스도를 본받는 삶

아버지 이종현은 가족들에게 기독교인으로서 부끄럽지 않은 구별된 삶을 살도록 독려하였고 스스로도 실천하였다.[1] 이러한 아버지에 대해 아들 이성호는 오른손이 하는 일을 왼손이 모르게 하는 분이었으며 평양의 '예수교회'를 건축하는 데 중요한 역할을 하였다고 말한다. 그러나 가족들에게는 자신의 교회 헌신을 한 번도 자랑한 적이 없었다고 한다. 또 이러한 아버지의 삶의 태도는 자녀들이 스스

---

1 이성호 인터뷰, 2008년 1. 녹번동. 이성호는 이종현의 일곱째 자녀로 태어났는데 이선애의 새어머니가 낳은 첫째 아들이다. 이성호는 자신의 아버지를 상인이었다고 표현하였는데 이것은 상업적인 거래에 있어 상도(商道)를 지킬 줄 안다는 의미라고 말했다.

로 부유한 가정이라는 것을 자랑하지 못하게 하였다. 아버지는 또한 화합과 나눔 실천을 강조하였다. 아버지는 항상 가족들만이 아니라 가족 단위로 거하는 집안일 하는 사람들에 대해서 홀대하지 못하도록 하였다. 일례로 자녀들 가운데 또래의 아이에게 "순자야, 물 좀 떠다 줘" 하면 "자기의 일은 스스로 하라"고 호되게 야단을 쳤다. 또 나눔을 실천할 때도 우선적인 배려를 가르쳤다. 어수선한 정세로 집안에는 항상 피난민들이 들끓었는데 식사 때마다 큰 가마솥에 밥을 지으면 첫 번째 지은 밥은 피난민들을 위한 것이었고 두 번째 지은 밥이 가족들을 위한 것이었다. 또 아버지는 아침마다 드리는 가정예배 시간에 지루한 설교를 하지 않고 대신 기독교인으로서 어떻게 처신하면서 살아야 하는지 실천적인 신앙인의 삶을 가르쳤는데 주로 자신의 사회적 경험을 예로 들어 가르쳤다. 기독교인들은 교회 안에만 머무는 사람이 아니라 기독교인으로서 사회에 봉사하고 그리스도의 사랑을 실천하는 것을 중요하게 생각했기 때문이다.

이종현은 일제 강점기에 상업을 통해 부호로 살았지만 나라를 잃은 국민으로서 자신의 할 일에 대해서 명확한 태도를 취하였다. 그는 조만식, 이승만 등 독립 운동가들에게 독립자금을 대주었다. 이렇게 지하에서 자금을 걷어준 일이 발각되어 감옥에 들어간 일도 있었다. 한번은 독립군이 일본 경찰의 총에 맞아 산속에 있다는 소리를 들었다. 그는 부상당한 독립군을 치료해달라고 몰래 의사를 찾아갔다. 그런데 그 의사는 쫓기고 있는 사람을 치료하기를 거부하였다. 그러자 이종현은 의사를 협박까지 하면서 나라를 위해 희생하는 사람을 살려야 한다고 하였다. 그리고 그에게 절대 함구할 것을 약속받고 부상자를 치료하도록 하였다. 당시의 어려운 사회적 분위기 속에서도 아버지는 진정한 기독교인으로서의 삶을 실천하려고 애썼다. 자신의 아버지의 가르침을 이성호는 이렇게 회상하였다. "아버지는 자녀들에게 '어느 사회에 가든 누굴 만나든 자기의 일에 대한 책임을 다하고 난 후 힘들어하는 동료를 도와주어야 후회가 없다, 기독교인은 성실하고 책임 있는 삶을 살아야 어떠한 어려움을 만나도 하나님의 자녀답게 당당하게 행동할 수 있다'라고 하셨습니다." 또한 이종현은 자녀들을 가르칠 때는 신상필벌주의(身上必罰主意)를 따라 아끼고 실용적인 삶을 추구하면서 작은 일에도 면밀하게 실천할 것을 가르쳤다.

이성호는 아버지가 한 특별한 가정교육을 이야기했다. "부산 피난 시절 어느 날 아버지가 사과 한 상자를 사오더니 누이 네 명에게 바구니를 하나씩 주고 사과를 나누어주면서 장터에 가서 팔아보라고 했어요. 그래서 누이들은 7월에서 9월까지 다같이 부산의 한 장터에서 사과를 줄줄이 앉아 팔았던 일이 있지요." 이는 난관에 부딪혀 뿔뿔이 흩어졌을 때 자신의 생계를 위해서 어떻게 처신해야 하는지에 대해 가르쳐주었던 것이고 또 장터에 있으면 헤어졌던 가족들도 만나는 것이 수월하다고 가르쳐준 것이었다. 다른 한편 "아버지는 때로는 너무 관대하여서 자신이 한 일에 대해서 스스로 책임을 지도록 했어요. 선애 누나는 아버지가 너무 내버려 두는 듯하다고 하면서 불평하기도 했지만 그럼에도 불구하고 누나는 아버지의 진취적인 면을 닮았기에 아버지가 바라는 딸이었지요"라고 이성호는 누나 이선애와 아버지의 닮은 점을 회고하였다.

이선애의 아시아 여성들을 위한 삶은 아버지로부터 받은 가정교육의 영향으로, 어려움을 당한 이웃에게 좋은 이웃이 되어주어야 한다는 말씀을 실천한 것이라고 할 수 있다.

이선애가 여성주의적 삶을 표방한 것은 어머니의 영향이 크다고 할 수 있다. 이선애에게는 두 분의 어머니가 있는데 낳아주신 어머니는 소학교 5학년인 12살에 돌아가셨다. 새어머니는 안주(安州)에서 공부하고 교사를 하다가 아버지와 결혼하였는데 이미 그때 아버지는 슬하에 5녀 2남을 둔 상태였다. 새어머니는 결혼 후 항시 부엌에서 지내야 할 만큼 대가족을 돌보며 분주하게 생활하였다.

해방 후 이선애의 가족들은 남쪽으로 내려와 현재 서울 남산의 힐튼호텔 자리에 있던 일본인 적산가옥에 보금자리를 마련했다. 그 집 안에는 할머니, 부모, 숙모, 사촌 여동생 그리고 9남매와 피난 온 사람들로 가득했다. 가사를 도와주는 사람이 있었으나 어머니는 언제나 부엌에 계셨다. 이러한 어머니에 대해 아버지는 "당신은 내 시중만 들라"고 하면서 여필종부를 요구하였다. 하지만 어머니는 내가 세상에 있는 것은 한 남자만을 위한 것이 아니라 자신의 의지대로 가족을 위해 살아갈 뿐이라고 주장하였다. 이선애는 어머니가 비록 계모였으나 자신이 낳은 두 아들과 전혀 차별됨이 없이 자녀들을 대하였던 것에 감사하였는데 대가족을 이끈 한 여성으로서 자신의 의사를 분명히 하고 역할을 명확히 하여 한 남성에게 매이지 않는 삶을 살았던 어머니의 모습에서 이선애는 많은 영향을 받았다고 할 수 있다.[2] 이선애 역시 남편의 직장을 따라 스위스와 싱가포르에서 지낼 때 자녀교육에 힘을 다하였다. 비록 자신이 현지 법으로 인해 활동의 제약을 받고 있었지만 어머니의 역할을 충분히 해내면서 여성운동을 위한 준비하는 시기로 지낸 것을 보면 새어머니의 자주적인 영향을 받았다고 볼 수 있다.[3]

내 삶은 내가 책임져야

이선애의 문학적 재능은 학창시절부터 잘 나타났다. 1946년 평양에서 남쪽으로 내려온 이선애는 이화여중에 들어갔다. 당시에 중학교는 6년제였는데 4학년으로 들어가게 되었다. 전학을 온 후 낯선 학교에서 처음으로 본 생물시험에서 전 학급 최고 점수를 받은 것을 보면 학교생활에 별 문제 없이 적응한 것이다. 이선애는 1947년 월반을 하여 곧바로 6학년으로 진급하였고 1948년 연세대학교에 입학하였다.[4] 교장 선생님의 제안으로 국문과에 입학하였는데 그 이유는 그의

---

2 이선애, 『아시아 종교 속의 여성』(아시아여성신학자료센터, 1994), 327.

3 박상증 인터뷰, 2008. 2."이선애 목사는 스위스의 현지 학교에서 프랑스어로 교육받는 자녀들의 어려움을 해소해주기 위해 아이들이 학교에서 돌아오면 함께 프랑스어 학습을 위하여 열의를 다하였다. 그의 열의는 프랑스어를 가르칠 수 있는 교사자격까지 취득할 정도였다. 그는 어머니로서 자녀를 뒷받침하는 모든 노력을 다하는 삶을 살았다."

4 이선애, 위의 책, 327.

문학적인 소질이 이미 여학교 시절에 발휘되었기 때문이다. 친구 심치선은 이선애의 문학적인 소질이 매우 뛰어났다고 회고하였다.

"선애는 중학교 시절 인생의 문제를 심각하게 생각하였던 같다. 인생이 무엇인가, 우리는 어디서 와서 어디로 가는가 등 많은 고민을 하였다. 가끔 돌아가신 어머니에 대한 그리움을 표현하기도 하고 남하하기 전 북한에서 갈라진 정국에서 고생스러웠던 삶에 대하여 시로 표현하기도 했다. 선애의 감성은 매우 풍부하여 길을 가다가 꽃을 하나 보더라도 시상(詩想)이 떠오르면 풍부한 감정을 잘 드러내며 표현하였다."[5]

이선애의 문학적인 소질은 매우 뛰어났는데 그는 신봉조 교장선생님이 3.1 의거 주인공 유관순에 대하여 이야기한 것을 귀담아 듣고 감동을 받아 유관순 이야기를 소설로 썼다. 놀랍게도 그 후 학교에서 유관순 열사에 대한 연극이 기획되었다. 그 소설은 당시 유명했던 극작가에 의해 각색된 후 학교의 연극부에 의해 극본으로 각색되어 무대에 올려졌다. 이 연극은 배재학교 강당과 유관순의 고향인 천안에서 공연되었다.[6]

---

5 심치선 인터뷰, 2008, 7월, 서울시 여의도동 심치선 교수 자택에서. 심치선(1929–2018)은 이선애와 이화여중 동창으로 학생회장을 지냈다. 연세대학교에 함께 입학하여 사학과를 졸업한 후 6.25 전쟁 중 부산에서 이화여중 교사를 지냈다. 그 후 연세대에서 여학생 수의 증가로 여학생 지도를 전담하는 여교수로 임명되어 최초의 여학생 지도교수가 되었다. 생활관 담당을 겸임하였고 1960년 미국유학에서 돌아와 교육심리학 교수로 재직하였다. 27년여를 연세대 교수로 재직한 후에 이화여고 100주년이 되는 해에 이화여고 교장으로 부임하여 재직한 후 은퇴하였다. 또 이화외국어고등학교 초대교장을 역임하였다. 연세대 명예교수이고 인성교육의 대모(代母)로 알려져 있다.

이선애의 문학적인 감수성은 자연, 우주, 하나님을 소재 삼아 시로 표현되었다. 그의 시상은 사회상을 배경으로 자신이 살아온 삶을 운율에 담아 표현할 때 자신의 삶 속에 있는 무한한 가능성을 기독교 신앙 바탕 위에서 펼쳤다.[7]

심치선은 친구 이선애에게는 상대방을 설득하는 능력이 있었다고 그의 리더십을 높이 평가하였다. 이화여중 시절 당시 학생회장이었던 심치선을 보조하던 이선애는 구호물자를 학생들에게 나누어주는 것에 대한 찬반여론으로 분분할 때에 논리적으로 설득력 있는 주장을 하여 해결방안을 제시했던 일이 있었다. 해방 후 당시의 사회는 남북의 신탁통치 찬반으로 매우 혼란한 정치적 상황이었다. 이선애는 비록 우리가 신탁통치를 반대는 하지만 어려움을 겪고 있는 사람들을 위해서 구호물자는 공정하게 나누어야 한다고 자신의 주장을 뚜렷하게 펼쳤다. 심치선은 "선애는 민주주의에 대한 갈망이 컸다. 그는 이미 우리나라의 북쪽이 사회주의로 가는 분위기 속에서 많은 사람들의 고통을 보았기 때문에 사상이나 이념적인 면에 있어서 명확한 표현을 할 수 있었다고 생각했다. 먼 후일에 여성을 위한 활동을 한 것은 이러한 경향이 드러난 것으로 여겨진다."[8]

이렇게 자기의 주장이 명확하였어도 이선애는 원만한 성격의 소

---

6 이선애, 위의 책, 328. 연극의 제목은 확인되지 않음.

7 이선애, 위의 책, 328.

8 심치선 인터뷰.

유자로서 친구들에게 다정하고 언제나 상대방의 이야기를 들어주려고 하는 배려심이 많은 친구로 기억되고 있다. 연세대학교에 다니던 시절 학기말 시험이 임박할 즈음 1950년 6월 중순경이었다. 선애는 고민이 있어 힘들어하는 친구가 지금의 광림 수목원이 있는 경기도 광주 농가에 내려가 휴식을 취하는 데 동행해줄 것을 요청했을 때 기꺼이 함께 해주었다. 그는 친구의 고민을 늘 자신의 고민처럼 여기고 경청하면서 상대의 정서를 승화시키는 재주가 있었다.[9] 이선애는 이렇게 동남아시아 여성들의 억압과 고통을 자신의 아픔으로 받아들이는 공감하는 능력이 있었기에 그들을 위해 헌신할 수 있었던 것이다.

이선애는 대학에 들어간 후 기독 학생 모임에 적극적으로 참여하면서 신앙이 성장하였다. 친구들(심치선, 이인세)과 함석헌 선생의 신앙집회에도 나가서 말씀을 듣고 성경공부를 하였다.[10] 이선애는 자신의 신앙생활을 문학적 재능으로 표현할 줄 알았고 친구들은 그의 문필력을 통해 신앙적으로 성장하는 데 도움을 받았다. 그의 주된 관심은 '하나님의 자녀로서 어떤 삶을 살아야 하는가'였고 학생들의 문집 「좁은 문」에 사랑, 평화, 자유, 진리 등을 주제로 글을 실었다.[11]

---

9 심치선 인터뷰. 심치선은 "돌이켜보면 인생에 대한 고민을 한참 한 나이이기에 지금 생각하면 웃을 만한 일이다. 그러나 그때 선애가 함께해 준 것은 분명 큰 힘이 되었다"라고 말한다.

10 심치선 인터뷰. 이인세는 경기여고를 졸업하고 연세대 영문과에 입학하여 이선애, 심치선과 동문수학하였다. 그는 이선애와 심치선보다 한두 살 나이가 많으나 학교 다니는 동안 신앙의 친구로 서로 격려하였다.

자신의 것을 기꺼이 내어놓는 용기에 반하다

1950년 6월 25일 한국전쟁이 발발한 후 이선애와 그의 가족들은 부산으로 피난을 떠났다. 이선애는 부산에서 다시 열린 대학에서 학업을 계속했다. 또 피난시절에 이선애는 미군 소방서에 취직하면서 자신의 삶에 대한 책임 있는 자세를 이어갔고 학교만 졸업하면 된다는 식의 삶을 사는 것을 거부하였다. 이러한 삶의 방식은 아버지 이종현의 영향이기도 하다. 아버지는 딸들에게 결혼이 자신의 일생의 종착점이라고 생각하지 말 것을 가르쳤다. 아버지는 주체적이고 자주적인 삶을 개척하도록 용기를 주었다. 1952년에는 연세대학교 국문과를 졸업한 후 부산 피난 시절에 이화여중의 국어교사로 취직을 하였다. 당시 한국의 많은 젊은이들이 외국 유학을 떠나는 열병 속에서 이선애 역시 인생에 대해 많은 고민을 하였다. 이선애가 이화여중 교사를 그만두고 미국 유학의 길을 떠날 때 학생들은 매우 아쉬워하면서 선생님에게 존경과 감사를 담은 편지들을 보냈다.

마침내 이선애는 1952년부터 3년간 이화여중 교사로 지내다가 미국 유학을 떠나게 되었다. 중학교 시절부터 꿈꾸었던 유학으로 이선애는 인생의 새로운 전환점을 맞이하게 되었다. 1955년 9월 애즈베리 신학교(Asbury Theological Seminary)에서 한국 남학생을 만나

---

11 심치선 인터뷰, 「좁은 문」은 1949년에 처음 발행된 연세대 기독학생들의 문집인데 1952년까지 몇 회에 걸쳐 나왔다. 김동길(전 연세대 부총장)이 편집을 맡아 내촌감상, 함석헌 선생의 글 등을 소개하였다. 학생들이 그리스도인으로서 일상의 삶을 나눈 문집이다.

게 되었다. 그 남학생은 선애가 피아노 치는 소리를 듣고 그녀에 대해 설레는 마음을 가지고 있었는데 마침 학교 식당에서 만나게 되었고 그 남학생은 선애에게 매우 정열적이지만 순수하게 관심을 표하였다. 그는 서울대학교 예과를 다니다가 미국으로 유학을 온 고학생으로 기독교대한성결교회 2, 3, 4대 총회장을 지낸 박현명 목사의 장남 박상증이었다.[12] 가난한 유학생과의 데이트는 단순하였다. 둘은 매일 밤 11시 도서관 문이 닫히는 시간에 맞추어 만나 기숙사까지 오갔다. 선애가 상증을 향해 마음을 열게 된 특별한 계기가 있었다. 1955년 여름, 상증은 미네소타에 있는 옥수수 통조림 공장에서 야간 작업을 하면서 번 수입이 한 학기 학비와 생활비를 할 만큼 넉넉했다. 그런데 상증은 자신의 누이가 장학금 혜택을 받지 못하게 되어 다음 학기 등록금을 내지 못할 형편이 되었다는 말을 듣자 자신이 번 돈을 흔쾌히 전부 여동생에게 주었다는 것이다. 이 말을 들은 후 선애의 마음은 흔들렸다. 무엇보다도 어려움에 처한 사람을 적극적으로 돕는 그의 용기와 태도가 마음에 들었다. 1955년 가을, 이선애는 그의 청혼을 받아들였다. 결혼식은 1956년 1월 21일 이선애의 생일에 치러졌다.

---

12 이선애, 위의 책, 329. 박상증 목사는 서울대학교 예과 수학 중 미국유학의 길에 올라 애즈베리 신학대학과 프린스턴 신학대학원에서 수학한 후 한국으로 돌아와 서울신학대학교 신학과 교수를 지냈다. 세계교회협의회 선교위원회에서 일하였고 아시아교회협의회의 총무를 역임하였다. 1990년 한국으로 돌아와 기독교사회문제연구원 원장을 역임하면서 갈현성결교회 목사로 봉사하다가 은퇴한 후 현재는 명예목사이다.

◀▲ 결혼식, 결혼식 피로연
에즈베리 신학교 시절 결혼을 하였는데 피로
연은 하숙집 할머니가 베풀어주었고 신랑신부
를 위해 친구는 새 자동차 열쇠를 선뜻 내어주
어 드라이브를 하였다.

그들을 위하여 남편이 일하던 집 할머니는 피로연을 열어주었고 친구들은 신혼여행을 가지 못하는 신혼부부를 위해 새로 산 자동차 열쇠를 내어주면서 드라이브하라고 하였다. 신혼생활은 일주일에 5달러 하는 방에서 시작되었다. 부부 둘 다 아르바이트를 하여야만 하는 어려운 살림이었으나 부부의 미래를 향한 비전을 함께 그렸기에 행복했다. 부부 사이에 마찰이 없었던 것은 아니다. 서로의 의견충돌을 절충하지 못하였던 어느 날 선애는 짐을 싸서 무작정 집을 나왔다. 그런데 갈 곳이 없었던 선애는 결국 공원에서 밤을 지샐 수밖에 없었다. 이선애는 자신들의 삶을 하나님이 도우신다는 것을 확신하고 있었으므로 매사에 굳건한 믿음으로 어려운 살림을 지탱해 나갔다. 우여곡절 끝에 남편은 1957년 남편은 프린스턴신학교에 진학하게 되었고 이선애는 애즈베리 신학교에서 기독교교육 학업을 마치고 석사학위를 취득하게 되었다. 프린스턴신학부를 졸업한 후 1958년 남편과 젖먹이 어린 아들을 안고 귀국길에 올랐다. 그런데 여행경비를 아끼려고 부부는 화물선을 얻어타고 멕시코만을 돌아서 40여 일 만에 부산항으로 귀국했다. 긴 여행을 마치고 부산항에 도착했을 때 이선애는 아버지가 교통사고로 돌아가셨다는 소식을 들었다. 부부가 탄 배가 동경에 잠시 정박했을 때 남편은 이미 친구로부터 소식을 전해 듣고 알고 있었다. 하지만 긴 여행으로 지친 아내를 배려하는 마음으로 미리 알리지 않았고 한국에 도착해서 알려준 것이다.

여자가 어떻게?

귀국한 이선애는 한국사회가 요구하는 전형적인 며느리로서의 역할을 요구받았다. 또 한편, 모교인 연세대학교에서 신학부 교수로 채용되기를 희망했으나 여자가 신학부 교수가 되는 일은 불가하다며 거절을 당했다. 성차별과 가부장적이고 남성중심적인 문화 사회적 분위기에 대해 이선애는 분노하지 않을 수 없었다. 현실적인 장벽 앞에서 선애는 그 당시 여성들의 지난한 삶을 운율로 표현할 수밖에 없었다.

서 론

나의 노래가
두견새의 심오함을 담지 못하고

방울새의 음색을 따를 수 없음을
누구보다 나 자신이 잘 알게다
그렇나
백조도 마즈막에 웨쳐 볼 말이 있고
참새도 아침마다 지줘길 뜻이 있다

아마도
나의 말을 들어줄 이가 없고
나의 뜻을 새기려는 이가 없단들
나는 외로운 노래 가락을 웨쳐야 했을 거다
그렇나
그것은 너무나 서럽고 넋 빠지는 가정이다
나의 가냘픈 목청듣고
예쁘다 해 줄 마음이 있음을
나는 그 사실을 확신하기에

이 아침
그 마음 향해
설익은 말이나마 지꺼려 본다[13]

---

13 이선애, KHS Kor1-P10: 서론, 1963.7.15. 현재의 맞춤법과 다른 시어가 있지만 저자의
글을 그대로 옮겼다.

이선애의 허무한 마음을 알아줄 한 분이 있음을 확신하는 믿음을 표현한 시에는 하나님의 자비하심을 구하는 마음이 잘 나타나 있다. 그런데 이선애에게 연세대 한국어학당의 교무주임 자리를 주겠다는 연락이 왔다. 미국 스토니포인트(Stonypoint) 선교사들의 한국어 훈련을 의뢰받은 한국기독교교회협의회가 연세대학교에 프로그램 협조를 구했던 것이다. 당시 연세대 총장인 백낙준 박사는 이선애를 적임자로 발탁하게 되었고 한국어학당의 첫 번째 교무주임으로 임직하게 되었던 것이다.

이선애의 일상은 매우 분주하고 힘들었다. 아버지의 '가정형편이 좋아서 살림을 맡길 수 있더라도 식모를 부리지 마라'라는 가르침을 잊지 않고 있었으므로 직장에서 돌아오면 아내와 며느리로서 그리고 어머니로서의 일을 해내야 했다.

전업주부가 아니고 직장에 다니면서 남편과 가사분담을 이루지 못하는 형편에 대해 힘겨워할 때마다 자신의 마음을 표현하는 시를 썼다. 때로는 친구에게 자신의 마음을 토로하기도 하고 여성의 제한된 삶에 대해 신앙으로 극복하려는 노력도 하였다.

안즌방이

님이여
당신의 따스런 호흡이 그리워지나이다
나의 마음에 소용돌이 솟꾸지는

말과 노래의 交叉線

그 속에 생명의 약동을 응시하며

당신의 따스런 호흡이 그리워지나이다

생명이 말 속에 맺혀있고

말이 진통을 겪는 이 밤

나의 초라한 자리가

무한 영광 속에 빛나나이다

실로암 못 가에

물 끓기를 기다리는

안즌방이

끓는 못에 뛰어들어

새 창조를 얻고 싶어

나는 발이 묶이운

안즌방이

누가 나를 못 속에

넣어 주리오

님이여

억세고 부드러운 손길이여

능치 못함이 없으신 숨결이여[14]

마치 실로암 못 앞에서 오랜 시간 동안 기다렸던 병자처럼 자신의 못다 한 꿈을 이루고 싶은 열정이 있으나 지금은 다리에 힘이 없어 움직이지 못하고 있는 앉은방이와 같다고 여긴 시로 얼마나 하나님의 숨결을 간절히 바라고 있는가가 잘 표현되어 있다.

연세대학교의 한국어학당 교무주임으로서 조교수로 재직하던 시절, 이선애는 동료들과 잘 어울렸다. 그의 온화한 성품이 자기의 주장이 분명하였지만 동료들에게 설득력 있는 화합을 이루어내었다.[15]

귀국한 후에 이선애는 비교적 안정된 직장을 갖게 된 반면, 남편은 현 서울신학대학교에서 시간강사를 해야 했다. 박상증 목사는 자신의 어머니 뜻을 받들어 성결교회신학교에서 강의를 하였다. 그러나 그것도 잠시 1961년 5.16 군사 쿠데타 이후 사상검증 분위기 속에 그는 학교 재단의 정치적인 교권다툼 파동 속에서 억울한 해직을 당하게 되었다. 이후에 숭실대, 이화여대, 홍익대에서 강의를 하면서 힘겨운 가운데 지냈다. 그러나 이선애는 남편이 다른 교단으로 옮기지 않는 것에 대하여 아무런 말도 하지 않았다.[16] 이선애의 시어머니는 한국의 전쟁 상황 중 남편 박현명 목사를 북한 공산주의자들에게

---

14 이선애, KHS Kor1-P22: 앉은방이, 1963.

15 심치선 인터뷰. 이선애의 사회성은 좋은 편이어서 한국어학당에 함께 근무했던 동료들—홍근표(국어학자 한태동 박사의 처제), 임명자(민경배 박사—전 연세대 교수, 전 서울 장신대 총장의 부인)—로부터 이선애가 갈등을 빚는다는 말을 들어본 적이 없었다고 말했다.

16 박상증 인터뷰, 2008. 8.

납북당한 아픔을 가지고 있었다. 이선애는 생사를 알지 못하는 가운데 남편이 살아 돌아올 것이라고 여기지만 희망이 미미한 가운데 어린 남매들을 데리고 전쟁의 고통 가운데 살아온 어머니에 대한 효를 다하는 남편을 묵묵히 지켜볼 뿐이었다. 그러던 중 남편은 1961년 KNCC의 간사로 일하게 되었다. 다시 일자리를 찾은 남편을 위해 이선애는 항상 자신의 집을 열어놓으며 뒷받침했다.[17] 이선애의 집은 항상 문이 열려 있었고 가족들뿐 아니라 많은 사람들이 언제나 오갈 수 있는 곳이었으며 특별히 젊은이들을 위하여 열린 공간이 되었다.[18] 남편 박상증 목사는 기독청년학생운동을 위하여 열심으로 활동을 하였는데 그러던 중 1966년 박상증 목사에게 세계교회협의회(WCC)에서 직원으로 오라는 연락이 왔고 1967년 1월 남편이 세계교회연합기구인 WCC 청년국 간사로 부임하면서 남편을 따라 스위스 제네바로 떠났다.[19]

여성 개인의 삶은 존중되어야 한다

이선애는 남편이 WCC에서 일하는 동안(1967~1976)에 자녀양육에 힘썼다. 미국에서 태어난 첫째 아들 수현은 10살, 한국에서 태어난 유현은 5살이었다. WCC로부터 학비를 보조받을 수 있었음에도

---

17 박상증 인터뷰, 2007. 1, 박승증 인터뷰.

18 이성호 인터뷰

19 박상증 인터뷰, 2007. 1.

▲둘째 유현과 엄마
이선애 목사는 첫째 아들 수현은 미국에서, 둘째 아들 유현은 한국
에서 낳았고 스위스에서 성장하였다. 셋째 아들은 스위스에서 태어
나 주로 미국에서 성장하였다. 현재는 세 아들 모두 미국에서 거주
하고 있다.

이선애는 두 아들을 스위스 현지 학교에 다니도록 하였다. 그 이유
는 거주하는 곳의 문화를 익히고 현지인과 소통하는 것이 가치 있다
고 여겼기 때문이다. 하지만 현지 학교에서는 프랑스어를 사용하였
기에 아이들의 학업을 돌봐야 하는 어려움이 생겼다. 학교에서는 외
국인을 위한 특별한 프로그램이 마련되어 있지 않았으므로 선애는
아이들을 위해 프랑스어로 학습준비를 한 후 귀가한 아이들을 가르
쳤다. 덕분에 아이들은 스위스 친구들과 소통을 잘하는 아이들로 학
업에도 지장이 없었다. 남편은 그녀가 제네바대학에서 신학을 계속
공부하도록 권하였지만 어머니로서 이선애의 자녀 교육에 대한 열
정은 대단하였다. 노력 끝에 이선애는 프랑스 정부 공식인증 프랑스

어 교사 자격증을 취득했다. 선애가 가진 호기심과 열정은 아이들과 동행하는 것을 주저하지 않았다. 겨울에는 스위스 정부에서 지원하는 스키 프로그램에 아이들과 함께 캠프에 참여하였고 스위스의 산 사람들과 치즈도 먹고 그들의 문화도 익혔다. 남편은 아내에 대해서 이렇게 이야기한다. "이선애는 모험심이 많으나 상대에게 편안한 사람이었고 상대방에게 따뜻한 인상을 주는 사람이었다."[20] 또 여름이 되면 이태리로 피서를 떠났는데 한번은 휴양지에 늦게 도착을 해서 민박할 만한 곳을 찾기 어려웠다. 그래서 한 식당에 들어가 허기부터 채우려고 했다. 그런데 그곳에서 뜻밖에도 맛있는 요리를 먹게 된 것이다. 이때에도 이선애는 거침없이 소통의 기술을 발휘해 식당 주인으로부터 홍합과 치즈를 이용한 요리방법을 배우게 된다. 그리고 운 좋게 식당 뒷마당에 텐트를 치고 잠자리까지 마련할 수 있게 되었다. 1972년 마흔둘의 나이에 셋째를 임신하게 되었고 의사는 노산을 걱정하여 중절을 권유하였으나 하나님의 은총 속에 건강한 남자아이를 낳게 되었다.[21] 그러나 남편의 잦은 해외출장으로 이선애는 남자아이들 셋을 혼자 돌봐야 하는 힘든 상황이었다. 그럼에도 그의 지적 호기심과 가치지향적인 성향은 언제나 새로운 일을 향한 도전의 연속이었다. 아이 돌보는 일과 자기계발은 병행하기가 쉽지 않

---

20 박상증 인터뷰. 2008. 1. 이선애, KHS Gv9-E1: 알프스 산중에서 한주일. 남편이 한 달 반 이상의 장기출장을 간 동안에 이선애는 아이들을 데리고 알프스 산중에서 캠프에 참가한다. 그때의 일들을 기록한 에세이이다.

21 이선애, 위의 책, 331.

다. 항상 독서를 즐기던 선애는 어린 셋째 아들을 데리고 산책을 갔다가 벤치에 앉아 책 읽기에 빠졌다. 그런데 아뿔싸, 아이가 유아차에서 내려와 개에게 물리는 사건이 벌어진 것이다. 이런 사건이 벌어질 정도로 한 가지에 몰두하면 그 일에 집중하여 열심을 다하는 것은 물론 시와 소설을 틈틈이 써서 자신의 생각들을 기록으로 남기는 데 게을리하지 않았다.[22]

이선애의 유품들을 정리하던 중 그가 남긴 설문조사를 발견했는데 서구인들과 한국인들의 교육문화를 비교할 수 있는 소중한 자료이기에 여기에 공유한다. 세 명의 부인들에게 설문조사를 하였고 설문조사의 결과평가를 아래와 같이 서술하였다.

"두 사람은 서서사람(서서는 스위스를 가리키는 말), 한 사람은 서서에서 6년 동안 산 영국 부인이다. 다른 나라 가정 부인들의 생활 상태를 단편적으로라도 관찰하기 위해서였다. 설문이 끝난 후 결과를 종합한 조사자의 의견을 보면, 조사대상자는 전기기술자 부인, 국제기구에 근무하는 행정가 부인(제네바 거주 7년째), 세계기독학생연맹 총무의 부인(국제기독교역자부인회 회장)이다. 세 부인 모두 정해진 일과표 안에서 움직이고 있고 자기 살림은 다 자기 손으로 주관하고 있

---

22 이선애는 제네바에 거주하는 동안에 3편의 소설과 여러 편의 시를 남겼다. 유고작품은 이선애, KHS Gv1-N: 재칫국 사려, 이선애, KHS Gv3-N: 철호와 정순. 이선애, KHS Gv4-N: 엄마와 아가이다. 시들은 책으로 출간된 것은 없다. 소설의 공간적 배경은 한국전쟁이며 한국전쟁 당시 가족애를 중심으로 그렸다. 소설의 제목은 저자가 써놓지 않았으므로 자료를 정리하면서 임의로 붙였다.

다. 항상 바쁘며 태만이란 도저히 불가능하고 항상 움직이고 있음을 볼 수 있다. 따라서 그들은 자기 생활이 바쁘다 보니 남의 일에 관심이 없고 각자의 개인의 세계를 존중하며 무척 독립적이며 동양인이 보기에는 극히 냉정한 생활태도를 가지고 있다. 서서의 텔레비전 프로는 미국에 비하여 무척 도덕 면에서 엄격히 다루어지고 있고 음란, 폭행 등 흥미를 내세우지 않기 때문에 어머니들의 평이 다 긍정적이라고 본다. 이 설문을 넣은 이유는 미국 어머니들의 TV의 악영향에 대한 부정적인 소리를 들었었기 때문이었다. 아이들 교육문제에서 세 사람이 다 정해진 일과를 지키게 하며 그렇게 지켜지고 있는 것을 보는데 이것은 일반적인 현상이라고 볼 수 있으며 아이들의 건강뿐 아니라 이런 습관은 새로운 국민양성과정에 서로 필요한 것이라고 생각한다. 가정에서의 규칙을 통하여 법과 제반규칙을 준수하는 정신이 양성된다고 생각하기 때문이다. 마지막으로 아들에 대한 기대란에 있어 아무도 우리 아이들이 무엇이 되기를 원한다고 지적하지 않았음을 볼 수 있다. (예를 들어 대통령이라든지 대장이라든지) 아이들 분수에 따라 부모로서 줄 수 있는 최선의 교육을 베풀고 분수에 따라 행복하게 살 수 있기를 바라는 것이 이들 부모들의 기대라고 본다. 너무 과분한 기대는 아이들에게 심리적 부담을 주며 반항심이나 여러 모양의 역효과를 낳게 하기 때문에 이런 태도는 우리 어머니들이 좀 재고해야 할 문제라고 생각한다"[23]

---

23 박상증 인터뷰. 2008.1. 이선애, KHS Gv9–Ect: 설문지.

자녀양육에 몰두하던 이선애가 여성운동을 하게 된 계기는 1975년 UN이 정한 '여성의 해'에 서베를린에서 열리는 세계여성대회에 참석하게 된 후이다. WCC에 여성부가 처음 생긴 뒤 남아프리카공화국 출신 간사 한 명이 부임해 왔는데 이 여성부의 책임 담당자는 직원 부인들도 세계여성대회에 참석하도록 하자고 주장했다. 이때 참석자들 가운데는 한국대표 정희경(현 청강학원 이사장), 김현자(전 한국여성정치연맹 총재, 전 YWCA 회장) 등이 참석했다. 이 대회는 이선애가 국제활동을 시작한 첫걸음이 되었고 또한 아시아 여성문제에 관심을 갖게 된 계기가 되었다. 당시 페미니즘의 주류는 마르크시즘의 영향을 많이 받고 있어서 급진적인 공산주의자들이 결혼한 여자를 자기계발을 포기한 여성들이라고 공격하는 분위기였다. 마치 결혼한 여자는 남편 출세에 의존하고 남성 중심 사회에 순종하는 바보 같은 여성이라고 매도하는 현장 분위기였다. 이선애는 이러한 분위기에 대해 저항하는 마음이 생겼고 그가 생각하는 여성운동은 그들과 달랐기 때문에 이러한 분위기에 대해 저항하는 마음이 생겼다. 그는 세계루터교연맹 산하 잡지에 제1세계와 다른 제3세계 여성들이 겪어온 국가적인 상황에서 억압받고 지배받아온 삶의 차이가 있음에 대해서 논하면서 제1세계 여성들의 일괄적인 논의에 대해서 비판하는 글을 기고했다. 이 글은 놀라운 반응을 일으켰다. 이 글은 서구여성 신학자들의 편견에 대해서 신학적인 대응을 하고 있다. 또 여성 개개인의 삶의 모습들을 존중해야 함에 대해서 쓴 글로 비판적인 시각을 드러내고 있다.[24]

갈릴리로 가라

남편은 1976년 제네바 WCC에서의 임기를 마친 후 가족들과 함께 미국으로 가기로 했다. 재정적인 안정이 보장되지 않은 불안한 생활이 시작되었지만 이선애로서는 에큐메니컬 운동을 위한 준비의 시간이 되었다. 미국으로 건너간 이선애 부부는 예전에 다하지 못한 공부를 계속하기를 원했으나 학비가 문제였다. 운 좋게도 남편은 에머리 대학 박사과정에 들어가게 되었고 세계 에큐메니컬 운동에 대하여 강의를 할 수 있는 기회도 주어졌다.[25] 선애 역시 다시 공부할 기회를 갖기 원했기에 용기를 내어 에모리 대학 총장으

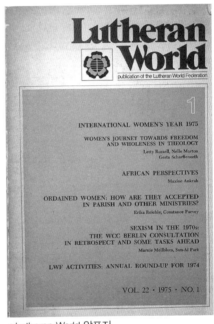

▲Lutheran World 앞표지
이선애가 베를린에서 열린 세계 여성의 해(1972) 행사에 참가한 후 *LutheranWorld* 저널에 후기를 쓴 것으로 이후 이선애의 여성운동의 계기가 되었다.

---

24 박상증 인터뷰. 2008. 2. 이선애, "Love and Peace are Stronger than Power," *Lutheran World*, vol.22. no.1 (Geneva: Luteran World Federation, 1975), 92-93.

25 박상증 『제네바에서 서울까지』, (새누리신문사, 1995), 62.

로 있는 친구 제임스 레이니(J. T.Laney)에게 면담 요청을 하였다. 레이니는 60년대 한국의 감리교선교사로 한국에서 기독학생운동을 함께 한 오랜 친구이며 후에 90년대에 주한대사로 재직한 후 에머리 대학 총장이 되었다. 선애는 레이니에게 자신도 신학을 공부하고 싶으니 장학금을 달라고 요청했고 레이니는 흔쾌히 받아들여 그의 주선으로 장학금을 받게 되었다. 이선애는 1977년 미국 애틀랜타주의 에머리 대학 캔들러 신학교(Candler School of Theology)에서 목회학 석사(M. Div) 과정을 이수하고 테오도 러넌(Theodo Runyon) 조직신학 교수 밑에서 1979년 '김지하의 '한'의 개념과 사상(KIM CHI HA'S CONCEPT OF 'HAN' AND HIS IMPLICIT THEOLOGY)'을 논문으로 제출하였다.[26]

▲이선애
시카고의 맥코믹 신학교에서 여성신학 강의 요청을 받고 제출한 프로필 사진

1980년에 선애는 에큐메니컬 컨설턴트로 일할 수 있는 기회를 얻었는데 그리스도제자교회(Disciples of Christ, Christian Church) 해외 선교부 라틴아메리카 부서의 책임자가 일 년 동안 연구차 자리를 비우게 되었기 때문이다. 남편

---

26 Sun Ai Park, "KIM CHI HA'S CONCEPT OF "HAN" AND HIS IMPLICIT THEOLOGY," (M.Div.thesis Emory University, 1979).

의 WCC 동료인 빌 노팅험(Bill Nottinghum) 목사의 주선 덕분이었다. 노팅험 목사는 친구를 돕기 위해서라면 자신이 할 수 있는 한 기치를 잘 발휘하는 훌륭한 친구였다.[27] 짧은 기간이지만 선애는 라틴 아메리카 담당자로서 한 달 동안 과테말라, 니카라구이, 페루, 칠레, 아르헨티나, 파라과이 그리고 브라질, 푸에르토리코를 방문하기도 하였다. 이후 선애의 제 3세계에 대한 관심은 더욱 증가하였고 에큐메니컬 운동을 위한 준비가 하나씩 진행된 것이다.[28] 이후 그는 미국 그리스도제자교회(Disciples of Christ, Christian Church) 교단에서 목사안수를 받게 되었는데 "나는 에큐메니컬 부인으로 살아왔으나 나의 신학 교육, 경력으로 독립적인 사람으로 살기를 원했다. (중략) 나는 아시아교회에서 한 여성으로서 그리고 안수받은 여성으로서 예수그리스도 사역에 기여하고 싶다"라고 하나님의 일을 위한 헌신을 다짐하였다.[29]

한편, 한국에서는 민주화를 향한 열망이 뜨거웠다. 오랜 군부독재 박정희의 시대가 마감되었으나 또다시 군사정권이 들어섰다. 국내의

---

27 빌 노팅험(Bill Nottinghum) 목사는 2022년 6월 천국으로 가셨다. 박상증 목사는 2022년 5월 초 미국 유타주 여행 중이었는데 요양 중에 있는 노팅험을 보고 싶어 했다. 그러나 시간과 거리상의 제약으로 친구가 있는 덴버까지 가지 못했고 아쉽게도 한국에 돌아와 7월에 유족의 연락을 받게 되었다.

28 이선애, KHS US5-E: 남미여행기

29 이선애, KHS US19-E1: 나의 목회관(MY CONCEPT OF MINISTER).

▲ 미국 그리스도제자교회교단(Disciples of Christ, Christian Church) 목사안수
목사안수를 받은 후 이선애는 선교적·목회적 사명을 굳건히 하고 교회여성들의 인권과
평등을 위한 일에 보다 적극적으로 헌신하였다.

민주화 운동가들은 해외의 민주화 동지들에게 국내의 인권문제를 국내에서만 해결하기에는 역부족이었기에 도움을 요청하였다. 이미 박상증 목사는 WCC에 근무하면서 여러모로 국내의 민주화 운동을 위해 힘써왔다. 미국으로 건너간 후에도 남편 박 목사는 민주동지회 사무국장을 맡고 이선애와 함께 잡지 *Korea Scope*(코리아스코프)를 발행했다. 이때 이선애는 이 잡지의 편집을 맡아서 한국의 현실을 세계에 알리고 있었다.[30]

이선애는 국내 민주화운동을 위하여 적극적으로 일하였다. 여성

---

30 박상증 인터뷰, 2007. 11. 이 단체는 코리아스코프와 한국에서 나오는 지하문서들을 해외에서 사람을 들여보내 다시 해외에 저장했다. 일본과 독일에 두었던 것을 국사편찬위원회가 발족하면서 40만 페이지 인덱스 12,000개로 정리하여 검색 데이터베이스 작업을 미국에서 하였다. 현재 이 잡지는 국사편찬위원회에서 해외자료 분류작업을 하는 관계로 공개되지 않고 있다.

들을 독려하여 운동에 함께 참여
하도록 일깨우는 일에도 열심을
다하였다.[31]

미국에서의 생활이 어느 정
도 안정을 찾아가고 있던 때 국
내 교계의 민주화 세력들은 당시
KNCC의 총무 김관석 목사가 검
찰에 잡혀들어가 있었기에 남편이
한국으로 돌아와 에큐메니컬 운
동을 위해 귀국하여 KNCC 부총
무직을 수락해달라고 자주 연락을

▲Korea Scope, Korea Scope 1, 2
WCC에서 8년간의 임기를 마친 남편과
함께 미국으로 건너가 뉴욕에서 한국의
민주화 운동을 위해 일하면서 발간한 저
널. 남편 박상증 목사가 CCA 총무로 일
하게 되면서(1981) Korea Scope는 후임
자가 이어갔고 이선애와 박상증은 은혼
식 축하금 전액을 기부하였다.

했다. 하지만 이선애는 남편의 한
국행을 반대했다. 그 이유는 두 가지였다. 첫째는 오랜 기간 남편은
WCC의 세계선교위원회에서 일하면서 제3세계 특히 한국의 인권문
제와 민주화를 위한 한국 에큐메니컬 운동의 노력에 비상한 관심을
가지고 활동해왔다. 국제적 교류를 통하여 연대를 이루어 온 남편은
국제적 여론을 형성하여 민주화, 인권문제, 통일문제 등의 국제적
압박을 가하는 일에 적임자였다. 당시 남편과 오랜 친분을 유지하는
국제 기독교 관계자들은 교단의 선교사들을 비롯하여 한국과 깊은
연관관계 속에서 축적된 역사적 연대가 형성된 사람들이었다. 그들

---

31 구춘회 인터뷰, 2007. 11. 녹번동. 구춘회는 전 민주동지회 간사로 뉴욕에 거주하였다.

은 젊어서 한국에 '평화군단(Peace Corps)'으로 들어와 활동하였고 각국에서 한국 전문가 역할을 하고 있었다. 남편이 지닌 국제간 교류의 노하우는 자연스러우나 계획이 잘 설립된 가운데 이행되어야 하는 노력이었으므로 만일 남편이 귀국하여 검찰에 잡혀들어가거나 구금될 경우 국제적인 여론 형성을 위해 일할 사람이 없어질 것이라고 보았다.

▲the Wish
이선애가 영문으로 번역 편집하여 출판한 시집이다. 한국의 전래시들의 묶음으로 여성, 노동자들의 애환이 실려있다.

이선애가 남편의 귀국을 반대한 두 번째 이유는 가정적인 것이었다. 제네바에서 생활하는 동안 자녀양육을 혼자 도맡았던 선애는 많은 어려움이 있었다. 비록 아이들은 성장하였어도 인종차별이 심한 미국 사회에서 여전히 어머니로서 두 아들에 대한 책임감과 한국에 가게 된다면 셋째 아이의 교육문제가 걱정되었기 때문이다.[32] 이선애는 겨우 가정적인 안정을 찾아가는 것 같았는데 남편

---

32 이선애, KHS Gv9–E2: 문명한 불친절과 친절. 남편이 두 달이 넘는 스케줄로 아시아 출장을 가고 없는 동안 주말에 있었던 일이다. 둘째 아들은 감기로 고열에 시달려 의사를 부르게 되었다. 이때 왕진을 온 의사와 나누었던 이야기들과 타향살이의 고달픔

의 귀국 문제에 직면하였으니 닥쳐올 고난에 대해 극심한 고민을 하지 않을 수 없었다.[33] 때마침 찾아온 갱년기 우울증 또한 신앙심으로 극복하려고 안간힘을 쓰고 있었다.

"오 나의 하나님 도우소서. 도와주소서(……)나는 당신의 사랑이 간절합니다. 나는 매우 지쳤습니다. 나는 친구이자 상담가가 되는 당신께 씁니다. 나는 누군가에게 말해야 할 것 같습니다. 상증은 위기에 처했습니다(……) 우리는 우리가 사느냐 죽느냐에 의존하는 다른 관점을 보는 관계가 되었습니다. 제네바에서는 내가 어떤 비판적인 의문 없이 받아들였기에 평화로웠습니다. 나는 에큐메니컬적인 아내로서 잘했다고 여겼습니다. 가장 어려운 일은 남편의 많은 해외 출장 중에 남겨진 존재가 되는 것이었습니다. 나는 내가 한 사람의 아내로서 어머니로부터 벗어나서 나의 삶을 갖는 일에 대해 물론 최소한 어머니로서 역할의 중요성에 대해 항상 생각합니다. 나는 아틀란타에서 매우 행복했습니다. 왜냐하면 나는 공부도 하고 새로운 희망을 갖게 되었기 때문입니다. 비록 경제적으로 풍족하지 못한 생활이었지만 나는 내 가족과 함께 내 생애에서 가장 많은 시간을 함께하였습니다. 인디애나폴리스에서 삶은 내게 매우 힘들었습니다. 상증과 나 사이에 갈등이 있었기 때문입니다. 고국으로 돌아가야 하는지

을 쓴 글.

33 이선애, KHS Sg10-E: 자신의 심경을 적은 글(자신의 삶의 내용이 담긴 글로 도움을 하나님께 호소하는 신앙적인 편지글 형식의 기도문)

그리고 에큐메니컬에 헌신해야 하는지에 대해서 고심했습니다. 너무도 인종차별이 심한 미국사회에서 아이들이 성장하고 있기에 나는 미국에 있기를 고집했습니다. (……)한국 남성의 지배적이고 여성이 순종적이어야 한다는 바탕에 깔린 사고에는 타협의 여지가 없었습니다. 나는 불만을 토로하고 설득하려고 소리쳤습니다. 이런 일이 있은 후에 우리는 관계가 소원해졌고 애들은 이러한 우리를 이해하지 못했습니다. (……) 나는 육체적으로 쇠약해지고 정신적으로 고통스러웠습니다. (……) 남자들이 하는 일에 대해서 그러나 나는 어떤 저항을 하거나 할 수 있는 변화를 일으킬 만한 위치에 있지 않습니다. 나는 단지 그들에 의한 희생자일 뿐입니다. 내 영혼은 피곤하고 상처 입었습니다. 나는 작은 평화가 필요할 뿐 그가 달라지게 할 여력이 없습니다."

선애는 자신의 가정이 에큐메니컬 운동에 헌신하도록 부름받았다는 확신은 있으나 하늘의 뜻에 자신의 소망을 맡기는 기도문은 얼마나 절박한 심정이었는지 알 수 있다.

1981년 한국은 또다시 군사독재정권이 장악했고 정부는 해외민주화운동을 하는 이들 부부에게 여권을 연장해주지 않아 무국적자로 있어야 하는 상황에 놓여 한국에 돌아갈 수도 없는 형편으로 어려운 처지에 놓여 있었다. 이선애는 내일을 알 수 없는 막막한 심정을 오로지 하나님이 헤아려주시리라는 믿음을 한 편의 시에 담았다.

갈릴리로 가라

갈릴리로 가라 갈릴리 바다
그 깊이 알 바 없어 그 깊이 알 바 없어
고요한 물결은 주님의 음성
설레는 물결도 주님의 음성

갈릴리로 가라 갈릴리 해변
변두리 마을마다 변두리 마을마다
가난과 굶주림 억압과 고역
질고와 죽음뿐 주님의 음성

갈릴리로 가라 부귀와 안일
권모술수 영화 없는 권모술수 영화 없는
오로지 정의와 사랑 가득찬
참된 복음의 주님의 음성
(후렴)
사랑과 분노의 헤아릴 길 없는 그 음성이
갈릴리로 가라고 명하신다
갈릴리로 가라고 명하신다[34]

---

34 박상증 인터뷰, 2008.8. 1980년 캐나다 연합교회 이상철 목사의 초청으로 남편 박상

마침내 하나님은 에큐메니컬 사명자 부부에게 갈릴리를 허락하셨다. 1981년 남편은 싱가포르에 있는 아시아기독교교회연합회(CCA) 부총무로 부임하게 되었다. 선애는 미국에서의 5년간의 생활은 아시아 여성을 위해 준비하는 시간이었음을 확신하였다. 이제 싱가포르로 자리를 옮기게 된 부부는 한국의 민주화운동을 위해 발행했던 「코리아 스코프(Korea Scope)」 발행을 후임자에게 넘기게 되었다. 5년여 동안 심혈을 기울였던 잡지 발행을 중단할 수 없었기에 후원회를 열기로 하였다. 그렇지만 단순히 잡지 후원회로는 많은 후원금 모금이 어려울 것을 예상하고 부부는 결혼 25주년 은혼식 행사로 초청하면서 적극적인 나눔과 실천의 장을 마련하였다. '박상증-이선애의 은혼식에 초대합니다. 화환은 사절합니다'라는 내용으로 초대장을 돌렸다. 예상 밖의 대성황을 이루어 4,000달러 정도를 모을 수 있었고 후임 발행인에게 넘겨줄 수 있어 해외민주화 운동은 맥을 잇게 되었다.[35]

이선애는 미국에서 가족들과 지낸 5년여 동안이 가정적으로는 가장 행복했던 시기라고 여긴다. 남편과 많은 시간을 함께 지내고 자녀들도 부모와 지내는 시간이 많았기 때문에 자신들의 생각을 함께

증 목사가 주일예배 설교를 하게 되었다. 그 교회의 성가대 지휘자는 박재훈 선생으로 그는 이선애의 주일학교 선생님이었다. 이 때 박재훈 선생이 이선애에게 시를 한 편 부탁하였고 '갈릴리로 가라'를 썼다. 그리고 박재훈 선생이 곡을 만들어 주일예배 찬양대가 연주하였다. 이선애, KHS US1-P: 갈릴리로 가라, 1980.

35 박상증 인터뷰, 2008. 8

나누는 시간들이었다. [36] 다른 한편, 이 시기 동안 미국 내 인종차별을 가장 많이 경험하였고 에큐메니컬 운동을 위한 사명감을 절실하게 느끼는 기간이었다.

출발! 아시아의 여성들을 위하여

1981년 남편이 CCA에 부임하자 이선애도 싱가포르에 함께 갔다. 싱가포르에서도 제네바처럼 법률상으로 자기 나라에 와서 취업을 하는 외국인의 배우자는 직업을 가질 수 없도록 되어 있어 다른 직업을 가질 수 없었다. 그러나 이선애는 미국에서 신학 공부를 한 것은 하나님이 에큐메니컬 활동을 위해 준비하게 하신 하나님의 예비하심이라고 여기고 여성운동의 밑그림을 그리기 시작했다.

이선애는 싱가포르에서 본격적으로 에큐메니컬 활동을 하나씩 펼치기 시작했다. 첫 번째는 In God's Image 편집, 두 번째는 EATWOT(Ecumenical Association of Third World Theologians) 코디네이터로 활동하면서 아시아 여성들을 대변하고 그리고 세 번째는 아시아 여성신학 자료센터(AWRC)를 세워 아시아 여성들의 종교문화적 상황 개선을 위해 노력하였다.

아시아 여성들이여, 그대의 목소리를 들려주시오

1981년부터 남편을 따라 싱가포르에서 거주하게 된 이선애는

---

36 이선애, KHS Sg10-L: 작은아들에게 쓴 편지 중

▲*In God's Image* 창간호와 영인본
In God's Image 창간호(1982)는 억압적 종교문화 속에서 살아온 아시아 여성들의 목소리를 내는 첫 번째 여성신학 잡지가 되었다.
2022년 12월 *In God's Image*는 창립 40주년을 맞이하며 현재 사무실은 대만에 있다.

CCA의 여성 직원들과 교제하면서 여성주의적 에큐메니컬 성경공부를 인도하게 되었다. 그와 함께한 여성들은 성서 안에 나타난 여성에 대해 새롭게 볼 수 있는 인식 전환을 이루게 되었다. 그들의 만남은 아시아의 종교문화에 대한 이해를 높일 수 있는 계기가 되었는데 모임이 지속되면서 여성들은 연대의 필요성을 느끼고 방법을 궁구하게 되었다. 마침내 뜻을 같이하는 동료들과 함께 1982년 12월 첫 번째 아시아 여성들의 목소리를 담은 *In God's Image*를 펴낼 수 있게 되었다.[37]

---

37 창간호를 함께 낸 바바라 스테판 목사(Babara Stephens, CCA 교육담당), 카렌 캠벨 넬슨(Karen Campbell-Nelson, the United Church Board of World Ministries), 안 앵(Ann Ng, 싱가포르의 전 기독 학생운동 총무) 그리고 마리아 고(Maria Goh, CCA 직원)는 이선애의 싱가포르 집에서 함께 성서연구를 했던 여성들이다. Maria Goh, "a Tribute to Friend, Mentor and Spiritual Mother," *IGI* vol.18, no.3, (Kuala Lumpur: AWRC, 1999), 24.

*IGI*에는 아시아의 종교문화가 여성을 차별하는 것에 대해 비판하는 글이 실렸다.[38] 1982년 인도네시아의 발리에서 열린 제7차 아시아 교회 여성회의에 참석한 이선애가 동료들과 힌두교 성전을 방문했을 때 일이다.

> **"경고! 성스러움과 우리의 안전을 위해**
> **정중히 요청하건대,**
> **생리 중인 여성은 성전에 들어올 수 없습니다"**

생명을 잉태할 수 있는 거룩한 능력인 여성의 생리현상이 종교적 참여를 가로막는 이유가 되는 것은 여성에 대한 차별이며 종교적 압박이라고 여긴 이선애는 아시아 종교에 나타난 여성에 대한 이미지 개선을 위해 노력하기로 하였다. '여성들에 대한 차별은 '심리적이고 사회 문화적 억압'이다. 여성들을 둘러싼 차별을 극복할 수 있으려면 종교나 문화의 다름을 넘어서 여성들 간의 에큐메니컬적인 일치 노력이 필요하다는 생각이었다.

이선애는 평소 "나는 한 에큐메니컬 운동가의 부인으로서만 남겨지고 싶지 않다"는 말을 해왔다. 이렇게 자신의 신념을 확고히 하고 스스로 에큐메니컬 운동을 위해 나서게 된 것은 하나님의 형상을 닮은 인간으로서 주체적인 삶을 살 권리가 있다는 확신을 갖고 있었기

---

38 이선애, KHS Jp4-Ar: 발리의 힌두사원의 경험.

때문이다. 그는 여성의 주체성을 살려내기 위한 에큐메니컬 활동을 위해 아시아 여성, 그리고 세계적인 회의에서 만난 여성들을 독려하는 일을 적극적으로 하였다.

여성들이여 연대하라

이선애는 EATWOT 코디네이터로 활약하면서 본격적으로 에큐메니컬 활동을 할 수 있었다. 처음으로 이선애가 제3세계 신학자 회의 참관자로서 인도 뉴델리 회의(1981. 8. 17.~8. 29.)에 참석했을 때 문제를 인식한 일이 있다. EATWOT 남성신학자들이 가부장적이고 남성중심적 언어를 쓰는 것을 들은 것이다. 신학자들조차 성차별적인 의식을 벗어나지 못하고 있는 것은 매우 심각하다고 느꼈다. 그래서 이선애는 하나님의 형상을 입은 자로서 성서에 나타난 여성들의 시각을 강력하게 제시할 필요를 갖게 되었고 이처럼 중요한 문제를 여성들이 연대하여 다루어야 한다는 책임감을 갖게 되었다. 또한 제1세계 진보신학자들과 함께 열린 제네바 회의에 참석하였을 때 이선애는 한국 대표로서 서구 여성신학자들에게 여성의 경험을 배제시키지 않아야 한다고 주장하였는데[39] 그의 주장은 받아들여졌고 제1세계와 제3세계 여성신학자들은 연대를 하게 되었다. 연대를 위한 여성들의 협의는 국가 간, 대륙 간 차원, 그리고 전 지구적 차원

---

[39] 한국의 정치적 상황이 가져온 기회였다. 당시 한국에서 민주화 운동을 하던 신학자들의 해외여행이 지극히 제한적이어서 박순경 박사 대신 참여하게 된 것이다. 이선애, 『아시아 종교 속의 여성』, 352.

으로 모임을 확대하자는 결의에 이르렀다. 이 회의에서 이선애는 EATWOT 아시아 여성위원회의 코디네이터로서 본격적인 여성운동 가로 나서게 되었다.[40]

이선애가 EATWOT 코디네이터가 된 후 힘쓴 대표적인 일은 1984년 각국의 신학교육을 받은 여성들을 독려하여 그들이 해방신학의 발전을 위한 운동에 함께 참여하도록 하는 것이었다.[41] 그는 아시아 각국의 여성 지도자들과 교류하면서 EATWOT에서 채택된 여성위원회의 일을 진행하였는데 그때 무엇보다도 여성들의 인식을 깨우치는 작업에 앞장섰다. 대표적인 일례는 한국여신학자협의회(이하 여신협)의 실무자를 만나 한국여성신학 역할의 중요성을 강조하면서 아시아 여성신학정립협의회(1983. 2. 1.~2. 3.)를 개최할 수 있도록 후원한 것이었다. 이 일을 계기로 한국 여성신학은 아시아로 지평을 넓힐 수 있게 되었다.[42]

이선애가 아시아 여성코디네이터로서 활약할 때 빼놓을 수 없는 매우 중요한 일은 각국의 여성 지도자들이 책임감을 가지고 여성들의 모임을 할 수 있도록 재정적인 뒷받침을 한 일이다. 그는 독일의 디아코니아 사업공동체(Das Diakonische Werk of Bread), CCA의 프리

---

40 "Reminiscence: The Beginings of *IGI* and AWRC," *IGI* (vol.18, no.3, 1999), 2.

41 Ibid., 3.

42 한국여신학자협의회 20년사위원회 편, 『여신협 20년 이야기』(서울: 여성신학사, 2000), 14.

만 나일스(Preman Niles)의 후원을 이끌어내어 여성들이 연대모임을 할 수 있는 뒷받침을 하였다. 이선애의 에큐메니컬 활동이 동지들의 후원과 격려 덕분에 더욱 힘을 낼 수 있었던 것은 그가 여성들이 성차별 문화 속에서 비인간화되지 않도록 해야 한다는 후원의 당위성을 피력하였기 때문이다. 아시아의 여성신학자들은 1985년 필리핀 마닐라에서 모이게 되었는데 이때 모인 인도, 스리랑카, 필리핀, 홍콩, 한국, 일본, 말레이시아, 뉴질랜드의 8개국의 여성신학자들이 한자리에 모이게 된 것은 매우 놀라운 결실이었다.

이선애의 에큐메니컬 활동은 소통과 공감의 리더십으로 발휘되어 빛을 발하였다. 1983년에 인도를 방문했을 때 연대의식이 저조한 인도의 여성신학자들은 각양으로 흩어져 연대의 필요성을 깨닫지 못하고 있었다. 그러나 그의 방문 이후 여성들은 함께 모일 수 있었고 그 의미는 더욱 배가 되었다.

1984년에는 아오떼오로아 뉴질랜드(Aotearoa Newzeland)를 방문하여 원주민 여성들의 어려움을 들은 후 시로써 표현하였는데 그들은 자신들에게 공감하는 마음에 감동을 받았다. 마침내 이선애의 열정적이고 헌신적인 에큐메니컬 활동은 하나씩 결실을 맺게 되었다. 1984년에는 인도에서 전국기독여성연합회(All India Council of Christian Women)가 구성되어 첫 번째 회의가 열리게 되었고[43] 인도네

---

43 그나나다슨(A. Gnanadason)은 이선애의 인내심을 높이 평가하면서 감사한다. "만일 그의 고집스러움이 없었더라면 아시아 여성들은 아직도 그대로 내버려두어졌을 것이다. 그의 운율이 있는 시적 표현을 통해 아시아 여성들의 고통과 희망을 나타내

시아에서는 안수받은 여성들을 독려하여 성차별에 대한 인식을 깨우치는 일을 할 수 있었다. [44]

이선애는 자신의 선교적 사명은 여성들의 만남을 주선하고 여성 단체들 간의 인식을 교류하면서 국제적인 협의를 이끌어내는 에큐메니컬 정신을 잘 살리는 것이라고 확신하였다. 그렇다고 그의 활동이 항상 모두의 협조 가운데 이루어질 만큼 순탄하지는 않았

▲아시아여성들과 왕래한 편지들
이선애는 *IGI*에 아시아 여성들이 적극적으로 참여하여 글을 쓰도록 독려하는 편지를 썼다. 사진은 편지들의 묶음철이다.

다. 일례로 일본, 호주, 뉴질랜드의 선진국 여성들도 아시아의 여성들과 문제 인식을 함께할 만큼 제3세계 여성들의 어려움을 알겠는가 하는 문제제기로 열띤 토론을 벌어

는 신학은 인도의 여성들에게는 감동을 주었다. 그녀의 영감을 주고 확신을 주는 격려가 우리로 하여금 말할 수 있게 했다." "And She Gave Them Speech!" IGI vol.18, no.3, 11-12.; "우리는 그녀를 에큐메니컬 여성과 목회회의(Women and Ministry Conference)에 초청했다. 1984년 파케라(Pakeha, 유럽에서 뉴질랜드에 이주해 온)여성들과 토착민(tangata whenua) 마오리(Maori)족 사람들과 관련된 여성은 큰 문제에 사로잡혀있었다. 그 회의는 소수의 여성들만이 교회구조에 대하여 문제제기를 하고 있었다. 선애는 어린시절 북에서 남으로 건너올 때의 경험을 이야기하며 분단국가의 고통과 이산가족의 아픔을 나누었다......" 제크린 암스트롱(Jacelyn Armstrong-전 뉴질랜드 교회협의회 총무부인), "Some Memories from New Zealand," *IGI* vol.18, no.3, 28.

44 이선애, KHS Sg6-L: 니코 라자와느(Nico Radjawane) 박사에게 쓴 편지.

야 하는 일도 있었다. 그때 이선애는 일본의 여성들 역시 종교 문화적 억압의 상황이므로 아시아로 포함시켜야 함을 주장했다.

이선애는 기독교 여성들이 대화를 통해 에큐메니컬 정신을 놓치지 않으면서 연대해야 한다고 주장했다. 아시아에서 출발한 에큐메니컬 활동의 영역은 한층 확장되어 1985년에 필리핀 마닐라에서 EATWOT 여성신학 8개국(인도, 스리랑카, 홍콩, 한국, 일본, 뉴질랜드, 호주, 말레이시아)이 참가하는 지역회의[45]는 1986년 12월, EATWOT 대륙 간(Intercontinental Women's Coference) 멕시코 옥타펙 회의로 뻗어나갔다. 이선애가 아시아 여성들의 운동과 운동에 대한 전망을 강조한 내용은 '여성들의 삶의 모든 면에 감추어져 있는 성차별주의의 씨앗을 찾아내야' 하는 것이었다. 따라서 비인간화로 고난받고 있는 여성들이 '자신 안에 있는 하나님의 형상을 찾고 온전한 인간성을 회복하는 데 노력해야' 하는 것이었다.

이선애는 1985년 EATWOT의 지역 간 회의 마닐라대회 이후 아시아 여성신학의 가능성을 발견하고 새로운 비전을 갖게 되었다. EATWOT의 방법론을 사용하더라도 종교 문화적 차원에서 아시아의 여성신학이 전개되어야 하는 필요성을 깨닫게 되었던 것이다. 마침내 그는 아시아의 종교와 문화에 초점이 맞추어진 새로운 연구를 진행해야 하는 필요성을 동료들에게 피력한 후 말레이시아여성신학의

---

45 1985년 11월 21~30일에 필리핀 마닐라에서 열린 이 대회 보고서(Proceedings Asian Women's Consultation)

협력을 얻어 하나의 협의체를 구성하기로 결심하였다.

아시아 여성신학의 기틀을 세우자

아시아 여성신학의 발전을 위해 이선애는 동료들과 함께 아시아
의 자매들의 목회와 신학에 대한 교육을 본격적으로 계획하기 시작
했다. 그리고 1987년 11월 20일 싱가포르에서 16개국 34명의 여성
들이 참석하는 회의를 열게 되었다. 이 대회의 주제는 '진정한 에큐
메니컬 정신이란' 무엇이며 '아시아 여성의 영성이란 무엇인가'이었
다. 즉 그리스도론과 여성, 성령과 여성, 교회의 가르침과 여성, 그
리고 마리아와 여성, 그리고 떠오르는 아시아 여성의 영성에 대한
논의를 하였다.[46]

그는 개회 설교를 통해 하나님의 창조 세계의 일원으로서 에큐메
니컬 파트너십의 중요성을 일깨웠다. "하나님의 형상 안에서 인간은
창조되었기에 우리 모두는 동등하다. 그러나 하나님의 창조 의지와
거리가 있는 현실에 우리는 이제 정의와 사랑이 강물과 같이 흐르고
부정의한 국제 · 국내 질서와 증대되는 군사주의 문화와 정치적 억압
체제와 모든 여성들에 대한 억압이 극복되는 새 하늘과 새 땅 창조에
참여해야 한다. 그리고 이러한 장벽들을 치료하기 위한 코이노니아
를 위해 함께 창조자 하나님의 파트너로 동참하기를 결단해야 한다"

---

46 이선애, 『아시아 종교 속의 여성』, 356. ; AWRC, *Asian Women Doing Theology : Report from Singapore Conference*, November 20–29, 1987, Introduction.

▲CCA 8차 총회(1985.6.24.) 이화여고 유관순 기념관
좌로부터 이선애(EATWOT 코디네이터), 신선(NCCK여성부장), 신현순(NCC여성
위원장), 재일본교회여성대표, 박순경(이화여대 교수), 김희선(여성의 전화 원장)

고 설파했다. 이 대회를 통해 아시아 여성신학자들의 발전 가능성은
확연해졌고 그는 아시아 여성신학 협의체를 세우는 데 박차를 가했
다. 그의 열정에 감명받은 세계의 에큐메니컬 동료들, 특히 스웨덴
교회의 다린의 적극적인 후원으로 마침내 1988년 9월 홍콩에 아시
아여성신학자료센터(Asia Women Resorce Center)를 설립할 수 있게 되
었고 *IGI*는 협력기관지가 되었다.

이선애가 **AWRC**의 센터장으로 활동하는 동안에 아시아 여성신
학의 기틀을 마련하기 위한 작업은 착실히 진행되어『용기있는 여성
들(*Women of Courage: Asian Women Reading the Bible*)』을 출판하였다. 이
책은 아시아 여성신학은 아시아 여성들의 고통과 억압의 경험을 바

탕으로 한다는 아시아 여성 신학의 독특성을 잘 드러내고 있다. 이선애가 이렇게 아시아 여성신학 정립을 위해서 노력한 활동을 보고 곽 퓨이란(Kwok Pui-Lan)은 "에큐메니컬 운동에 헌신한 아시아 여성신학 운동의 산파"라고 치하하였다.[47]

이선애가 추구한 에큐메니컬 정신은 남편과 함께 쓴 "공동체 속의 여성과 남성-아시아적 고찰"에 잘 나

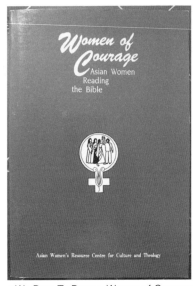

▲ We Dare To Dream, *Women of Courage* (용기있는 여성들)
이선애는 아시아의 여성신학자들과 함께 아시아 여성신학 정립을 위해 노력하였다.

타난다. 이 글에서 소개되고 있는 베다니 공동체는 개성을 존중하고 공동체의 조화를 깨뜨리지 않는 사랑으로 묶인 다양성과 포용성을 잘 보여주는 모델(요한복음 11장 25절)에 잘 드러난다. 베다니 공동체는 예수님의 여성 제자 마르다의 신앙고백 위에 세워진 공동체이다. 이 글을 쓸 때 박 목사님은 '당신 혼자 쓰라'고 했으나 이 목사님은 끝까지 함께 써야 한다고 하면서 파트너십을 주장했다고 한다.

47 Kwok Pui-lan, "Asian Feminist Theology: The Dream of Sun Ai Lee-Park," *IGI* (vol.18, no.3, 1999), 32.

이 목사님이 이렇게 주장한 것은 베다니 공동체의 모습을 우리의 교회생활에 적용할 때에 평등한 인간관계 변화를 이룰 수 있기를 소망했기 때문이다.

함께하는 힘 영원히

이선애는 1990년 한국에 돌아온 후 한국여성의 가장 큰 아픔을 함께 나누고 고민하면서 자신의 신학을 정리해나갔다.

AWRC의 사무실을 1990년 서울로 옮긴 후 이선애의 지병은 심각해지고 있었다. 싱가포르에 있을 1983년경부터 서서히 진행되었던 병은 1990년 한국으로 돌아오기 전 일본에서 골다공증으로 진단을 받게 되었고 한국에서는 세브란스병원에서 불치병이라는 판정을 받게 되었다. 그렇지만 이선애에게 병은 삶의 일부일 뿐 그가 지닌 새 하늘과 새 땅에 대한 의지는 꺾지 못했다. 매주일 교회여성들을 위해 설교하면서 하나님 나라의 여성 역할을 강조하였다. 다양한 치료 노력에도 불구하고 점차 축소되어가는 근육을 막을 힘은 없었다. 이 때 남편 박상증 목사는 기독교사회문제연구원(이하 기사연)의 원장으로 재직하면서 갈현교회를 담임하고 있었는데 남편과 함께 서울 서대문구 충정로의 기사연 빌딩 2층에 마련한 AWRC 사무실에 매일 출근하는 것도 게을리하지 않았다. 주일마다 교회에 나가 설교를 하였고 교회 여성들을 향하여 하나님 나라의 여성역할을 강조하였다. 필자가 잊지 못하는 이선애 목사님의 돌봄과 관심은 참으로 놀라웠다. 비록 몸이 불편하여 다른 사람의 돌봄을 받아야 함에도 불구하고 아픔과 상처가 있는 이웃을 향한 관심과 격려를 결코 게을리하지 않으셨다.

이선애는 불치병을 더 이상 서양의술로 치료할 수 없음을 알고 1994년 봄 중국 남경으로 침술에 의지하기 위해 떠났다. 중국교회 대표인 필립 위커리(Filip Wickerly)의 도움으로 남경신학교 게스트하우스에서 머물며 치료를 받았다. 중국에 있는 동안 남경신학교 조선족 학생들의 도움을 받았는데 그들에게도 이선애는 항상 감사의 표시를 게을리하지 않았다. 누나를 만나러 북경에 온 동생 이성호는 "내가 사업상 홍콩에 들렀다가 누나에게 필요한 물품을 전달하기 위해서 중국을 방문하였을 때 그 아픈 중에도 누나는 음식 잘하는 집을 찾으라고 하였고 자신을 돌보던 신학생들을 데리고 휠체어에 타고 고급식당에서 실컷 먹도록 하였다"라고 하였다. 이토록 이웃에 대한 관심과 배려에 감동한 남경신학교의 6명 조선족 학생들은 순수하며 진실된 마음으로 이선애가 매우 천천히 말하는, 정확하게 알아들을 수 없는 음성을 받아적어 일생에 대한 정리를 하도록 도와주었다. 필자는 남경신학교의 조선족 학생들을 2005년 5월 어버이 주일에 박 목사님 댁에서 만날 수 있었다. 그들은 한국교회의 초청으로 한국에서 신학대학원에 다니고 있었는데 이선애 목사님이 얼마나 자상하게 자신들과 함께 울고 웃으면서 지냈는지 말해주었다. 이선애 목사를 어머니라고 부를 만큼 그들의 이 목사님에 대한 그리움은 컸다. 남경에서 서울로 돌아온 이선애는 1995년 7월 자신의 책 『아시아 종교 속의 여성』 출판기념회를 마지막으로 공식적인 자리에 나가는 것을 멈출 수밖에 없었다.

1995년 8월, 박상증 목사는 샌프란시스코 신학대학원(SFTS)에 여름 학기 강의를 위해 출국해야 했다. 그러나 이선애를 돌보아 줄 수 있는 사람을 구하지 못했으므로 아내를 동반하여 가기로 결정했다. 그곳에서 이선애의 상태는 악화되었고 결국 기관지 수술을 하였고 한 음절씩으로라도 자신의 의지를 담은 음성을 내는 일도 더 이상은 할 수 없는 상태가 되어버렸다. 1995년 가을과 겨울이 지나도록 이선애는 시카고의 병원 중환자실에서 생사를 가르는 고비를 여러 번 넘겼다. 그런데 그는 또다시 한국행을 택했다. 비행기를 탈 수 없다는 의사의 권고를 만류하고 산소통을 동반하여 1995년 12월 20일 한국으로 돌아왔다. 그리고 3년 동안 몸은 서서히 굳었고 혼자 힘으로 움직일 수 없음에도 자신을 기억하고 방문하는 사람들과 일일이 눈빛을 나누었다. 필자는 3년여 동안 아시아 각국에서 그를 찾아오는 많은 에큐메니컬 동료들을 보았다. 그리고 1999년, 5월

▲『아시아 종교속의 여성』(1995)
병 중에도 그의 아시아 여성들을 향한 열정은 식지 않았다. 중국에서 치료를 받으면서 조선동포 신학생들의 도움을 받아 정리한 자신의 이야기가 실려있다.

막내아들 경현이 엄마에게 인사를 하고 돌아간 1주일 후 5월 21일 이선애는 남편이 잠깐 잠이 든 이른 새벽, 하늘나라로 갔다.[48] 박상 증 목사는 "내가 아직 이 목사를 보낼 준비가 안 되었는데 가버렸다" 면서 아내의 세상 떠남을 슬퍼하였다.

이선애를 기억하는 사람들이 그를 표현하는 형용사는 다양하다. 헤어짐을 못내 아쉬워하는 남편은 "호기심과 열정이 있는 여인", 형 제자매는 "따뜻하고 상대를 배려할 줄 아는 누이"로 기억한다. 꿈 많 은 사춘기 시절을 동문수학한 친구 심치선은 "세상을 넓게 그리고 멀리 볼 줄 아는 예언자"로 기억한다. IGI를 처음 함께 시작한 동료 마리아는 "영적인 어머니이며 영원한 멘토", 아시아의 여성들은 "아 시아의 별"이라고 말한다. 또 한국의 여성신학자들은 "한국 여성신 학을 아시아 지평으로 넓힌 이"로 표현한다.[49] 그에 대하여 여러 가 지 형용사를 사용하지만 한 가지로 표현한다면 그는 아시아 여성신 학의 산파였다.

EATWOT의 아시아 여성 위원회 코디네이터로 활동을 시작한 것 이 그의 국제적인 활동의 출발이었으나 그의 목표는 아시아 여성들

---

48 이선애, KHS Kor6-L: 아들들에게, 1990.12.30. 이선애는 늦게 얻은 막내아들 경현에 대하여 각별히 마음을 썼다. 학교 문제로 떨어져 지내야만 했던 것을 미안해하고 무 사히 학업을 마친 아들에게 감사하고 있었다. 또 형제들끼리 서로 돌보며 사랑을 나 누기를 부탁하였다.

49 Stella M. Faria "Sun Ai- Glorious Shining Star Tribute to an Asian Sister," IGI (vol.18, no.3, 1999), 6-7. 최만자, "한국여성신학의 아시아적 지평을 넓힌 이," 아시아여성 신 학교육원 편, 『아시아 여성들』(아시아여성신학교육원, 1998), 6-9.

▲ 새누리신문 (1995.7.22.)
이선애 목사는 아시아여성들을 위한 활동을 한국여성신학자들이 이어가길 바랐다.

이 자신들의 목소리를 내도록 하는 것이었다. 그의 열정 어린 격려
와 촉구 그리고 헌신을 다한 활동들의 결실은 IGI와 AWRC에 남아
있다. 또 그가 추구한 가치는 아시아의 여성들이 하나님의 형상을
회복하여 남성, 여성 그리고 자연에 이르기까지 함께 파트너십을 이
루어 온전한 하나님 나라를 이루어나가는데 헌신과 열정을 다하는
것이었다. 그를 보내고 슬퍼하는 사람들에게 그는 자신의 인생을 이
렇게 살아왔으니 '슬퍼하지 말고 안녕히'라고 말하는 듯 많은 시들과
작품들을 남겨주었다. 이선애가 추구한 에큐메니컬 정신의 함께하는
그 힘은 우리 가운데 영원히 남아 있다.

함께하는 힘 영원히

나는 어디서 왔다 어디로 가나?
영원한 울음, 이 울음 뒤에 패배를 모르는 숨은 힘이
나를 낳게 하여 나의 끝 날까지 같이 하시리라
하늘의 뭇별과 태양으로 하여금
제 궤도를 지키게 하며
대양의 밀물과 쓸물이 주기를 따라 오르내리고
사철을 어김없이 순환케 하는

이 위대한 우주의 조리 속에
제 나름대로 적응하며 살아가는
뭇 생명현상들
일일이 이름 알 수 없는 수억만 생명들 속에
나는 하나의 이름을 갖고 태어났기에
나의 生의 원동력을 지배하는
그 힘에 복종하며 반항하며 투쟁하며
굴복하며 나에게 주어진 시시각각을
마지막 순간까지 살아갈 것이다.
(……)
이 땅의 아픔이여
나는 어느 날 그 통증을 내 몸에

나의 피와 뼈 속에 느끼고 맛보리라

그 날에도 나는 그 힘 속에

그 힘은 내 속에 같이 살리라

영원히. 영원히.[50]

---

50 이선애, KHS Gv4-N: 아가와 엄마(가칭)라는 소설 중에서 나온 시이다. 이 소설은 주인공 아기가 엄마의 일상을 1인칭 소설로 쓴 것.

PART 1

사랑의 신비

서론(가제-시인의 말)

1963. 7. 15.

나의 노래가
두견새의 심오함을 담지 못하고
방울새의 음색을 따를 수 없음을
누구보다 나 자신이 잘 알겠다

그러나
백조도 마지막에 외쳐볼 말이 있고
참새도 아침마다 지저귈 뜻이 있다

아마도
나의 말을 들어 줄 이가 없고
나의 뜻을 새기려는 이가 없단들
나는 외로운 노래 가락을 외쳐야 했을 거다

그러나
그것은 너무나 서럽고 넋 빠지는 가정이다

나의 가냘픈 목청 듣고
예쁘다 해 줄 마음이 있음을
나는 그 사실을 확신하기에

이 아침

그 마음 향해

설익은 말이나마 지꺼려 본다

사랑의 신비

우주 지심에
불꽃 뛰고

생명
창조란
기적이오

태아는
엄마 속에
모랫물 주머니로
고립하고

우리
방언은
짓거리는
입마다
이방이건만

슬픔과
죽음이
뱀 모양
찾아들
그 이전부터

우주의
지축에
불꽃
튀었고

생명
창조란
기적이
있었오

물 Water

생명의 기원
물은 처음 생명이 있기 전 태초에 있었네
온 생명을 살게 하는 어머니 창조주와 함께 있었던
그 물은 지금도 있고 영원히 있네

물은 내 생명의 운명
그것은 내 몸을 이루는 필수적 요소들
어머니의 자궁에 있는 물주머니에서 내가 형성되었고 자라났으니
내 생명이 멈출 때
나는 마른 먼지로 돌아가게 되리

물은 치유함의 원천
뜨거운 여름날 내 몸을 식혀 내리는 목마름을 풀어주고
내 지친 몸이 시원하고 충만한 물속에 잠기니
물은 어머니 자연의 젖가슴
고요한 물 위의 화평스런 경치를 보는 것만으로도
내 눈의 피로는 사라지고
내 온 존재가 새롭게 되나니
가득한 물
세상의 사나운 공격 때문에

갈갈이 찢기운 내 영에 휴식을 주고
활기 넘치는 파도는
절망 가운데서 다시 일어날 용기를 불러일으키네

물은 깨끗하게 하는 힘
온갖 먼지를 씻어내고
그 먼지와 함께 멀리로 옮겨가며
죄로 깊게 얼룩진 영혼의 상처 싸매주고
그 생명을 소생시키는
깨끗하게 하는 힘이네
물은 영원히 새롭게 하는 힘
언제나 유유히 흐르며
언제나 모아들이며
언제나 위를 향해 증발되면서
또 언제나 아래로 달려가는
물은 영원한 흐름과
모든 상황에의 순응성을 보여주네
그러나 그것은 불변 안에 있는 변화
법칙 안에 있는 비법칙의 비밀을 가진 것
부단한 흐름으로 가득한 고요함이여
아래로 흘러 또 높게 오르며

고통 안에서 기쁨을 노래하는 개인과
공동체적 정체성들의 완벽한 연합이니
측량할 수 없는 깊이의 이중적 형세들과
백만 가지의 표현들을 절묘하게 가지고 있어

담겨질 수 없는 것에 자신을 내어주면서
어떻게 스스로가 담겨질 수 있는가를 알고 있네
물은 항상
생명을 죽이고 살리는 힘으로 작용하네
모든 생명 있는 것들과 영원히 살아 있네

활련화

작은 책상
샛하얀 상보를 배경하여
오목한 꽃병에 꽂힌
주홍빛도 부드러운 활련화 몇 송이

나는 하염없이 네 얼굴을 지키노라
너의 얼굴 부드러움
나의 아가의 살결의 촉감 같이 느껴질 때까지

나의 아가의 맑은 눈동자에
고히 앉은 웃음처럼 보일 때까지
나의 아가의 예쁘디 예쁜
아가의 얼굴처럼 보일 때까지

아가의 꿈

1963. 8. 19.

내 등에
아가가 업히었다

엄마 등에
아가는 잠이 들었다

내가 엄마가 되었다는
믿을 수 없도록 벅찬 신비

두 손을 뒤로 모아
아가의 볼기살을 살짝 눌러보면

아가의 몽실[51] 하고
따스런 체온이
내 등에 옮아 온다

아가의 예쁜 꿈이
나의 가슴 속에도 피어난다

---

51 몽실

쌔근대는 숨결 따라
하늘까지 퍼져 가는
어진 꿈의
또 하나 신비가
엄마의 인생을
숲과 흙의 향기처럼 기름지게 하며
단 집 무르익은 과일처럼 성숙한다

아가의 꿈은 무엇일까?
엄마는
오래 전에 잃어버린
아가 적 꿈을
가만히 더듬어 찾아본다

아가는
하늘과 우주의 비밀을 보인가는
예쁘디 예쁜 수정 열쇠를 열었을까?

아침나절에
쫓아다니던

작은 날벌레의 등을 타고
푸르고 높아
아연히 입을 열고
바라선 하늘을
나르고 있을까?

형에게 빼앗겨 서러이 울던
구멍가게 과자를 되찾은 기쁨이
아가의 꿈 세계를 차지할까?

언제나 푸근한
엄마의 가슴에 묻혀
하루에도 세네 번 되풀이하듯
엄마의 젖을 빨고 있을까?

아가의 꿈을
괘앙한 것으로 꿈꾸는 것은
아가가 말 못함을 이용하는

어른들의 욕심스런 projection일까?

아가의 꿈이

깨어질 우려 없는

단순한 것이라면

작은 풀 포기

조약돌 조각

사탕 알 두엇

진흙 덩어리

날파리 한 마리

나무꼬치 한 개

어쨌든

아가의 꿈은

나의 아가의 것이기에

엄마에게는

아름다운 것

값없는 것을 꿈꾸면서도

행복한 웃음의 단잠 누리는

아가의 꿈은
세상보다 귀하고
우주보다 값지다

마음속에
아가의 꿈을
넘을 수 없는 담 넘겨보는
엄마는
사랑이란
기적의 샛별 낳는다

엄마의 人生

다시는 왜를 묻지 않으려오
예쁘고 맑게 아가가 소리치듯
기쁘며 슬픈 소릴 지를진대

아침에 해 솟고
저녁엔 노을지고
노을지다
달뜨고 별 반짝임
아가가 쳐다보듯
기뻐하려오

마음에 가까운 이
마음이 좋고
돈이 생기면
맛스런 음식도 장만해 보고
끼리끼리 즐거운
놀이도 하며
애들의 자라남
깊은 눈동자에 새기면서

기쁨은 가슴에 닳아가고
괴롬은 매새처럼 넘어 보려오
꼬질꼬질 왜를 물어   을 때
마음이 있었다오

아가의 보드라운 입시울에
아늑히 풍기는 젖 단 내음
파란 하늘 어리는
놀라운 눈동자
그것을 즐기며 살아가려오

이 밤에

1963. 4.

밤은 깊어 오오
수레바퀴 자꾸만 휘도는데
또 하루 영겁 속으로 접혀 드나이다

일과 웃음에
나마저 매장한 허전한 흡족감
첩첩한 모순 속에 단순한 진리가 씨박히지요

살기 위하여 일한다지만
힘껏 하노라면 낙도 오는 것을
산다는 일은 좋잖아요!
일하느라고 웃기도 했다오

밤은 고요로히 나를 찾아주오
일과 웃음 속에 얼설켰던
大洋의 모래밭에 나 한 알 가려내오
말씀 이전의 혼돈에서

밤이 느리운 나만의 벽 속이
밤처럼 흐뭇하고 말이 없다오

밤의 장막이 나를 싸 덮어

나 홀로 세계로 깨워 주실 때

내 작은 가슴속에 깃드시는 이

밤처럼 흐뭇하고 말이 없는 이

그이가 안겨주는 온 누리를

나의 작은 성벽 속에 느끼나이다

첫 여름의 默想

1963. 5.28.,9.

하늘은 비취 빛
숲은 우거져 그윽한 향기
산새의 청아한 푸른 노래
온통 푸르름이 목 놓아 부르는
들로 간다

내 마음
산새 되고
꽃향기에 스며들고
황금실 타고 하늘에 헤어져
갈린 몸의 아픔을
햇님이 떠났다는 궁창에 느낀다

아름다움은 활짝 달은 綠畵印
내 마음 화상입어
금 은 아로새긴 푸르름의 향연에서
헤어나지 못하는 屈從을 즐긴다

彩色
맑고 싶은 대담함

선

교묘하고 우렁찬 뭇 선의 交錯

그 속에

교향곡의 불협화음이

멀리 분산하는 내 영혼에

금가루마냥   舞를 일으킨다

잠잠하여라

美라는 새술에 만취한 방탕이여

돌아오너라

내 마음에 반기 든

내 마음 갈래여

푸르름이 충만한 온 누리에

고요히 들려오는 한 소리 있다

잠잠하여라

옷깃을 여미고

곱고 부드러이 울리는 소리

은은한 그 소리의 깊은 뜻 몰라도

귀향한 고달픔에 창백한 나의 혼

맑은 묵념에 고개 숙인다

언덕길

1963. 4.

낮다란 소나무 어설픈 사이로
황토 향기 푸른 하늘 우러러 웃음 짓는
동그란 언덕길에

불현듯 살아 오른 그림 속에
향긋한 아픔이 저린 마음

아득히 깃들였던 먼 날에
소나무 언덕길에
사무친 슬픔

뼈저린 즐거움이 구미집니다
오솔진 언덕길 지나가면
구미져[52] 솟구치는 뼈저린 즐거움

---

52 후미져의 (북한어)

가을 오면

1963. 9. 15.

가을 오면
산으로 가고 싶어
산에서 가을을
낳고 싶어

하늘을 빨아 드려
하늘로 물드린
짙으며
옅으며
빛깔을 낳고 싶어

하늘에 얼싸안겨
뭉그러지어
아쉬웁게
여운지는
소리를 낳고 싶어

보이지도
들리지도
어엿이 떳떳한
신비의 누적
방울 방울 소곳이
배고 싶어

가을 오면
산으로 가고 싶어
산에서 하늘을
낳고 싶어

은하처럼 흐른다

무제(가제-은하처럼 흐르다)

1963. 8. 18.

주홍빛 jazz의 선율을 타고
빙글빙글 숨차게
휩쓸리고 싶어지는

어지러운 모험이
밀물쳐 부닥치면

하늘이 맑고
별이 총총한 밤에
별의 이야기를
귀담아 들어본다

총명한 하늘의 눈동자
구원한 지혜의 은하에서 담아 온

별의 이야기에
진홍색 jazz는
샛별처럼
소곳이
고개 숙여지고

밤하늘처럼 정죄를 모르는

별 같이 맑은 기쁨

별 같이 흐르는 힘

솟아오른다

조물주를 닮은 마음

1963. 9. 15.

만드신 모든 것
보시기에 좋다 하신
조물주의 마음

조물주의 마음을
닮고 싶은
나의 마음

원두막

황토 먼지 자욱한
국도 삼천리

백열한 하늘 밑
혼자 가는 나그네여

나의 원두막에
쉬어 가오

그늘진 멍석 위에
발을 뻗쳐 보아요

무르익은 과일론
목을 축여요

그대의 갈 길은
멀기도 하이

호올로 먼길 가는
외롬 모르는 旅客이여

나의 작은 가슴에

따뜻한 축원이 고여올라요

손

영자는
온순하고 근면한 계집
맑은 얼굴을 하며
그의 작은 몸매에
어울리잖는 언제나 빨갛게 부은 큰 손은
겨울이면 빨갛게 트는 거칠고 큰 두 손이다

가냘픈 그 몸매에 도저히 균형이 잡히지 않는
나는 그 큰 손을 볼 때마다
가슴이 뭉클하다

그의 손이
지어주는 밥을 먹고
빨아주는 옷을 입으면서
영자의 손이 발달하는 정비례로
나의 감각과 지성의 세계는
균형이 잡히지 않게 발달했을 게다
나의 설익은 지성과 감성을
좋다할 사람이 있을지언정
충실히 발달한 영자의 두 손을

시인 밖에는 아름답다 할 이가
아마 없을 게다

그렇나 시인이란
그 거친 손이 빚어낸
열매가 아니었던가
지금도
영자 아닌 수많은 영자가
자기가 놓여진 자리의 까닭도 묻지 않고
순순히 두 손의 근육을 쓰고 있을 게다

이런 때
팔자라고 하는
아주 좋은 도피처요 핑계가 있다
영자는 팔자를 빙자하여
완전히 체념하고
멋쟁이 마님은 팔자를 핑계하여
소처럼 부린다
그러나
멋쟁이들의 값없이 얻는 쾌락도
이 두 손의 열매가 아니었던가

나는 영자의 거칠어진 두 손을 볼 때마다
마음이 아프도록 고마워지고
진정 그가 행복해지기를 빌고 싶어진다

마음의 산울림

라라라
내 마음속에
온종일 울리는
노랫소리

하늘은 곱고
일도 즐겁고
사람들도 정다워

왜인지 아세요
진종일 끊임없이
노래가 울린 것은?

나의 친구의
맑은 웃음
박꽃처럼 피어 준
한가닥 웃음이

라라라

온종일 울리는

노래 되어

나의 마음을

기쁘게 하였지요

앉은뱅이

님이여
당신의 따스런 호흡 그리워지나이다
나의 마음에 소용돌이 솟구치는
말과 노래의 交叉線

그 속에 생명의 약동을 응시하며
당신의 따스런 호흡 그리워지나이다

생명이 말속에 맺혀 있고
말이 진통을 겪는 이 밤

나의 초라한 자리가
무한 영광 속에 빛나나이다

실로암 못가에
물 끓기를 기다리는 앉은뱅이

끓는 못에 뛰어들어
새 창조를 얻고 싶어

나는 발이 묶이운
앉은뱅이

누가 나를 못 속에
넣어 주리오

님이여
억세고 부드러운 손길이여
능치 못함이 없으신 숨결이여

갈릴리로 가라[53]

갈릴리로 가라 갈릴리 바다
그 깊이 알 바 없어 그 깊이 알 바 없어
고요한 물결은 주님의 음성
설레는 물결도 주님의 음성

갈릴리로 가라 갈릴리 해변
변두리 마을마다 변두리 마을마다
가난과 굶주림 억압과 고역
질고와 죽음뿐 주님의 음성

갈릴리로 가라 부귀와 안일
권모술수 영화없는 권모술수 영화없는
오로지 정의와 사랑 가득 찬
참된 복음의 주님의 음성
(후렴)
사랑과 분노의 헤아릴 길 없는 그 음성이
갈릴리로 가라고 명하신다
갈릴리로 가라고 명하신다

---

53 이선애, KHS US1-P: 갈릴리로 가라, 1980.

한 가을 아침에

산은
초가지붕처럼
유순히 흐른다

산이 도려낸
하늘 가장자리

흰 구름
뭉겨
상여로 꾸민다

하늘은
고즈넉이
鎭魂曲 부르고

나직이
떨려오는
넋두리 목롱이

피 뿌려

물들인

단풍 아름

한 알 밀도

흙 속에

썩지 않으면

가을은

○ ○ ○[54] 짙은

삶의 動

생과 사는

상극의 조화니

가을과 더불어

겨울을 기다리며

봄을 대망하자

---

54 잉크가 지워져 확인 불가

PART 3

마음의 파랑

무제(가제-마음의 파랑)

바람이
소용돌아
하늘 끝이 검어지오

노래가
물결 일어
나의 마음 어질르오

바람에 부푼
치마폭 속으로
고여 오르는
홀로 있는 즐거움

바람 따라
하늘가에
묵은 꿈 깨쳐 보오

가을 마음

달빛에 젖으며
샛하얀 바람이 기어다닌다

뜰 구석마다
검푸레 제자리 지키는
나무들은 말이 없다

귀뚜라미 속삭임
귀여겨 새겨보는
나의 마음
달빛에 씻어 내려
바람처럼 샛하얗다

달빛 귀뚜라미
나무의 마음
나의 마음
모두가 뿔뿔이 외롭지 않다

어린 가을의 바람이
기어다니며
가슴마다 파고들어
가을은
두루두루 익어간다

나무는 흙에서
우뚝 솟은 침묵

바람은
자라 버린 슬픔에서 고요롬

샛하얀 가을의 마음이
포개 포개 알찬 진공 속을
자국 없이 밟고 서
달빛처럼 일어난다

靜과 動

uc(university campus?)교정이 따사로와
한사로히 자리잡은 靜의 포-즈

유한은 삶의 좀이라지만
유달리 파란 五月의 하늘엔
제멋거히 생겨난 구름도 한가로와

부신 빛을 못 이겨
비스름히 감은 눈에
나의 님의 솜씨가 목 메일 듯 아름다워

유한은 삶의 좀이라지만
이 나절은 내 마음의 그윽한 샘터

푸른 풀밭에 반듯이 누어
고요히 흡족스런 작은 게으름
심장의 고동마저 일 잊은 듯 깊은데

상냥한 바람에 나뭇잎에 푸른 물결
향긋한 꽃잎 따라 하느적 가는 나비

내 숨결을 살아주오
내 보람을 느껴주오

나를 잊지 마세요

1963. 4.

아름드리 나무가 하늘을 가리고
향기로운 꽃들이 연연한 숲속에
나대로 피어 본 작은 勿忘草
님의 눈에 아리따운 첫 사랑은 못되오나
나로서의 표현을 잊지 마세요

영원한 자리라서 너무 작게 빛나는
하늘에 별은 나를 알아 주지요
작은 침묵 속에 헤아릴 수 없는
하늘의 별들은 나를 잊지 않지요

그 어느 때엔가
나의 파란 미소에
한 소녀의 마음에 무거운 시름 풀고
소박한 웃음을 배우게 한
나의 한 작은 친절을 잊지 마세요

오늘의 信號

1963. 7. 12.

탄탄한 대로
오가는 사람 헤아릴 수도 없어

가고...
오고...

또 가고...
또 오고...

많은 얼굴이
나의 인상에서
스치고 또 스쳐 가고

기억이란 말은
I.B.M. 속에
적발된 신호의 의미

오늘도
나의 I.B.M 속에는
무수한 얼굴들이 통과하건만

따닥 따라락
적발의 신호는
보이지 않아

아!
기억하고 싶은
뜨거웁게 기억하고
싶은 얼굴은

높은 신념으로
높게 바라며
영웅적 희생을 겪어
굳게 믿으며
낮게 사는 이

이익을 묻지 않고
그저 주는 마음

내가 기억하고 싶은 아름다운 이는
나의 눈시울을 뜨겁게 적시고
마음의 노래를 북돋아 줄 게다

산불

1963. 7. 12.

산불이 이오
가랑잎
썩은 가지
산에 불이 퍼져 가오

이슬비 뿌리는 잿빛 하늘 밑

벌거벗은 걸신이
온 산을 삼키려오

태양이 슬픈 얼굴
숨어버리고

별도 묻힌
열흘 열 밤

타면
속이나
후련해지련만

116

타면서 산불은

뒷맛이 무겁소

낙엽이 집니다

1963. 10. 11.

낙엽이 집니다
때의 흐름 속
낙엽은
휘청휘청
휩쓸려 갑니다

나의 마음엔
유유 태연히
몰아치는
때의 위엄
휩쓸려가는
낙엽 같은 나의 무력

꽃은 피고 지고
우주의 순환
반항 없건만

순환 밖에 서고 싶은
억지스런 마음

아이처럼

떼눈물이

흩어집니다

파아란 하늘가

1963. 10. 19.

파아란 하늘가
나의 검은 눈길이 닿는 곳에
먹 같은 점 하나 번져가오

두려움은 아니오
해하려는 이도 없소

바다엔
파도가 자오

수평선
저 너멘(저 너머엔)

아직 맺혀 있는
흑점 하나
원한 하나

알고 싶은 것을
몰라야 하고

믿을 수 없는 것을
믿어야 하며

갖고 싶은 것은
잊어야 하오

사랑하고 싶고
사랑하고 싶지 않고

고랑 고랑 얽매인
자유의 혼 프로메시우스

파아란 하늘가
나의 검은 눈길이 닿는 곳에
먹 같은 점 하나 번져가오

무제(가제-일어서는 길)[55]

햇빛따라
한 가람 따스함 따라
내 마음 허공에
흩어져가도

가을 하늘은 푸른데
낙엽이 전율하는
나뭇가지들
찬바람
마다하고
오열 삼키고

어차피 지는 낙엽
어찌할 바 없으련만
그래도
가슴에 아픔은 고이고
모진 풍상에 굳어지는
통나무 미끼 연륜마냥

---

55 KHS US6—P: 제목 없음, 1979. 10. 7.

오열, 슬픔과 괴롬에
굳어지는
자꾸만 굳어지는
나의 마음

하지만 나는
한 가람 따스한 햇볕따라
나의 마음 눈 열고
푸른 하늘 길
끊임없이 헤매도

그저 이렇게만 그저 저렇게만
하는 법이니라
잔말 말고 딴 생각이란
아얘 말고
저항이란 더할 것 없이
얌전히
점잖게
세상눈치
조상눈치

친정시댁

모든 눈치 살펴가며

남의 말이랑 일체 듣지 말고

소리 없이 왔다

소리 없이 가는 인생

그것이 우리 규수의

도리니라

네 얼굴이 예쁘거든

내 신랑에 웃음 주며

혼자 거울이나 들여다 볼 것이지

네게 뛰어난 재능이 있거든

자손에게 물려줄 거름 노릇으로 족할 것이지

너에게 재력이 있거든

기둥서방이라도 얻어

허울 좋은 방패라도 내세워야지

네게 웅변의 능이 있거든

혼자 뒷산에 올라가

메아리치는 소리라도 들어보려무나

꽉꽉 억눌르고
부드럽게 거부하고
정면으로 무시하고
간접으로 달래가며

그저 평온하게
그저 무사하게
그리 알뜰히 행복하게
아버지
남편
아들들의 울타리 속에
고이 고이
세상 모르고
풍파 모르고
해가 뜨는지
달이 지는지
그러다
이마에 주름살이 잡혀
고운 피부가 쭈글어지고
검은 머리 잿빛으로 퇴색하다가

세상도 삶도 모르는 채

죽어가는 인생

아, 나는 이런 인생을 거부하오

진정코 거부하오

PART 4

모래바람 속에

무제(가제-모래바람 속에)

모든 규칙과
관습
의전
gossip
눈치
숨막히게 하는 것들
스스로에게 정직하고파
그것을 인하여 핍박받더라도

나도 모르는 사이에
나는 어떤 境地에
높혀졌어도

남들이 바라보는
눈초리의 짐스럼이여

차라리 외진 사막에라도
있는 느낌임은
무엇일까?
아 오아시스
숨 쉴 수 있는 여지여

나는 누구인가[56]

큰 boss의 아내이기 이전에 나는 나이고 싶다

참사랑이란 피차의 존엄성을 인정하며

상호 인간성을 개발하며

인간의 무한한 가능성을 믿어

상호 성장을 위하여

서로 격려하는

정의와 평등의

끊임없는 교환이다

한쪽을 위하여

한쪽만이 희생하고

한쪽만이 기회를 향유하고

한쪽만이 성장할 수 있는

불균등의

모든 스트레스 image들

나는 엄청나게 뿌리 깊은

그것들의 현실로

상처입고

격분한다

---

56 이선애, KHS Sg3-D: 일기 중에서, 1982. 4. 22

스리랑카 어머니의 탄원[57]

내 자식이여
어떻게
더 오래
이 어미가
침묵을 지킬 수
있을 것인가

내가 키운
살덩이를
까마귀들이 쪼아 먹는데
잠 못 이루는 밤들과
배고픔 권익박탈
겪어내며
마지막에 남아난
내 아들과 딸들의 살덩어리를
아이싸움 끝에
사랑스런 눈으로
나를 지켜보던

---

57 이선애, KHS Kor9—P1: 스리랑카 어머니의 탄원

내 자식이여
너희들이 내 젖을 빨며
내 핏줄기에 흘렀던
피가 너희 것이 되고
그것은 지금
마을과 고을과
길거리에 강물 속에
흐르고 있다.

무슨 무기를 가지고 있든
어떤 권력을 가지고 있든
이 어미들이 길러온 생명을 파괴할 권력을
누가 그대들에게 무기를 주었는가
누가 그대들에게 생명을 파괴할 권력을 주었는가

기다려라
너희 어미들의 함성을 들어라
폭력과 증오의 악순환을 멈추어라
이 죽임을 멈추어라
그리고 해결책을 찾아라

죽임을 멈추어라

지금 당장 죽임을 멈추어라

무제

라디오에
신문에
감초처럼 되어 있는
"깨끗한 한 표"란
유행어는
실로 야릇한 특산물이다

어째서
한 표가
깨끗할 수 있으며
더러울 수 있을까

"깨끗한 한 표"란
야릇한 大韓民國의
야릇한 특산어다

四方壁[58]

철근 세멘 콘크리트
흑회색 벽이
사방을 꽉꽉 둘러쌌다
높기도 높다
뜀뛰기 선수도 넘을 수 없고
요술쟁이들도 어쩔 수 없다
다이너마이트 원자폭탄
다 소용 없는 불가공의 벽

이 사방벽 안엔
다시 각각
플라스틱 창살로 구분된 벽들
많은 방들
넓은 방 좁은 방
좋은 방 나쁜 방
이 세상 나라들의
숫자만큼이나 다양스럽다

---

58 이선애, KHS Gv2-P9: 四方壁

그 방 속에 사는 양상
역시 가지각색이라
어떤 방에는
불도 땔 것도 없고
식사와 음료수도 모자라
애비 에미 애써 일하는데도
애새끼들
배때기만 튀어나오고
힘없는 눈깔들 퀭하니 떴고

어떤 방에서들은
수갑 찬 죄수들이
목청 놓아
자유라 자유라
노래를 부르는데
오히려 간수들이
송구스런 미열에 사로잡혔고

어떤 방에는
난방 장치

갖가지 자동장치

진수성찬

무도회

갖가지 문화시설

크리스챤 디오르, 쌍로랑이 고안했다는

수만의 누에들이 애써 짜 놓은

고운 명주와

그것 밖에 쟁기 없는

흑인 여인들이 손으로 짜아 낸

거친 매들로 만든

희한스런 옷들을 걸쳐 입고

샴페인(champagne) 터트리고

오케스트라 풍정거리며

눈부신 샹데리

활활 타는 넓은 방에서

춤이 버려졌다

지치면 바로 옆에

상다리 찢어지게 차려놓은 만찬

Caviar와 칠면조 뜯어 먹다가

한없이 즐거운 듯

마구 웃어대다가
끊임없이 재잘대다가
춤도 웃음도 회화도 성찬도
지쳐버렸다는 듯
변덕스레 변하는 얼굴 짓고
음악을 바꿔라
복잡한 Orchestra는 집어치우고
쿵정쿵정 리듬만 울리는
북들만 두둘겨라
소리의 단조화를 이뤄보자
환경도 바꾸어라
샹데리는 꺼버리고
촛불을 키대
녹아버리지 않는
멋지고 편리한 것으로 만들어라
옷도 벗어라
음악과 환경에 맞추어서
나체가 되자
하긴 크리스챤 ... 쌍 ... 등
거추장스럽거든.

벗어 버린 자의 자유여!

자유. 자유. 자유를...

모든 인습과

의미 없는 도덕률을 초월하여

객관적 가치관이란

주관의 세계를 억압하는

모든 의상 같은 인습을 탈피하여

완전한 개인의 해방을 위하여

그러니 키비아와 칠면조와

샴페인과 다른 진수성찬은

버릴 수 없어

먹어야 하겠거든

먹는 즐거움이어

가장 맛난 것

지치거나 물리지 않게

자꾸만 엇바꾸어 가며

365일 하루 다섯 끼가

다 색다르게

산나물이나 좁쌀 따위는
껌둥이나 노랭이나 먹는 것이지
우리들은
살찐 암소와
희귀한 생선알들이나
새들의 연한 살코기를 먹되
요리법을 바꾸어라
오븐불에 말고 숯불에 구어라
신선한 참나무로 구어낸 숯불로
그리고 소스도 다르게 해 봐
같은 것은 두세 번 먹을 수 없으니
아아
그러나 내 속에
어쩔 수 없는 권태
Programme을!
새롭고 다채롭게 짜 내놔라
다른 방 사람들을 동원해라
나의 허전함
이 메꿀 수 없는 공허를
메꿔다오

결국 근원된 문제는

저놈의 담벼락이 아니었던가?

그것을 뚫고 넘어야 한다.

그래야만 참 자유가 있을 것이다

이 절대불가능의 四方壁을

어떻게 넘나?

로켓트를 쏴보자

우주선을 타고 넘어 보자

그러나 아니야 다 아니야

인해 전술을 ?

누에같이 뽕잎이나 먹고

꿈틀거리는 인간 이하 것들이건만

그들의 능력을 평가해서가 아니라

우리를 억압하는 이 담벼락을

끊어트릴 일이라면

손과 체력과 인내력과

피와 죽음까지 필요한 것이라면

상호이용의 원리에 따라

내 자신이 저들과 동등한 지위에

떨어짐으로

저들을 격상시키는 한이 있더래도

아 다함께 우리의 공동의 적

불공불멸의 사방벽을 뚫어보자

나의 해방

절대의 자유는

그래야만 성취되는 것이리라

외로운 군중

가 없는 대로에 뜬
외로운 군중

물은 몰려와
홍수가 되건만

외롬은 어서 와서
어디로 가나

앞
옆
뒤가
모두 장터 되었소

발소리
말소리

사방을 살피면
소리는 요란한데
유령의 무리

섣달 하늘가에
빈 소리만 울리는
싸늘한 입술이여

형체 없이
떠다니는 방정스런 발소리여

나의 가슴엔
차디찬 모래알이
싸 덮이오

물은 어서 와서
많은 물이
한 물 되어
어디로 가나

함께하는 힘 영원히

나는 어디서 왔다 어디로 가나?
영원한 울음, 이 울음 뒤에 패배를 모르는 숨은 힘이
나를 낳게 하여 나의 끝날까지 같이 하시리라

하늘의 뭇별과 태양으로 하여금
제 궤도를 지키게 하며
대양의 밀물과 썰물이 주기를 따라 오르내리고
사철을 어김없이 순환케 하는

이 위대한 우주의 조리 속에
제 나름대로 적응하며 살아가는
뭇 생명현상들
일일이 이름 알 수 없는 수억만 생명들 속에
나는 하나의 이름을 갖고 태어났기에
나의 生의 원동력을 지배하는
그 힘에 복종하며 반항하며 투쟁하며
굴복하며 나에게 주어진 시시각각을
마지막 순간까지 살아갈 것이다.
산다는 것은 각가지 모순을 얼싸안은 위대함이다.
그것은 처음이자 마지막이며

예리한 동풍(凍風)에 오돌오돌 휘날리던 낙엽들이
푸근한 대지에 동화되어
새봄 새싹들의 모체가 되는 원리이다

그 두 눈동자엔 투쟁과 화목의 쌍둥이별이 찍혔으며
그 입김이 지나가는 곳엔
괴롬과 기쁨
아픔과 즐거움
소음과 고요롬
빛과 암흑
사랑과 증오
낳음과 죽음
계시와 신비가
풀릴 듯 엉킨 듯 회오리 되어
스스로의 원점으로 하나의 세계로
승화해간다
나를 창조한 힘이 내 속에 살아있다.
천만 길 요새 밑에 타오르는 地心의 물길들
꺼버릴 바람이 어디 있으며
태풍의 동요를 무찌를 힘이 어디 있을까?

샘이 솟는다
맑고 시원한...

피가 동한다
뜨겁고 순결한...

나의 눈동자는
별들과 바람과 대화를 나누고
꽃과 벌레들과 웃음을 나눈다

시냇물 흐름 속에 나의 발걸음을 느끼고
상한 갈대잎이 나의 아픔이 된다

이 땅의 아픔이어
나는 어느 날 그 통증을 내 몸에
나의 피와 뼈 속에 느끼고 맛보리라
그 날에도 나는 그 힘 속에
그 힘은 내 속에 같이 살리라
영원히. 영원히.

우정의 금자탑

돌을 나라와
야무지고
굳센 놈을 포개어라

우정의 금자탑
이룩하자

너와 나의
거닐은 길
다른 발자욱이 어질를 무렵

너와 나의
따사한 숨결
흩어진 허공 식어질 무렵
전설의　字塔
빛나리니

돌 하나
돌 둘
낙수 겪어낸

시냇가 놈으로

날라와

포개어라

호수 위에

은은한
부름
소리 없는
말의 뜻

잔잔한
호수 위로
배들 간다

바람도
돛도
달지 않은

나의 마음
불리우고
불러보는

나는
나의 배

너는
너의 배
지키면서

은은한
말들
새겨 보며

우리 호수는
잔잔하다

미소
어린다

수난의 동해안[59]

1988. 6. 27.

하늘은 푸르고
물도 푸르고
햇빛 난무하는
백사장 눈부신
동해안
우리 바닷가

새들은 날고
물고기 뛰놀고
해초는
물결에
거침없이 흔들흔들
창조의 원뜻
말 없는 순진성
웅변하는데

아 우리 민족은
철망에 걸려

이선애, KHS US20-P1, 1988. 6. 27.

물놀이 잃고
뱃놀이 금지되고
백사장 산책도 빼앗겨 버렸다네

누가 이 국토의 배와 허리 갈라
한 민족의 마음
한 민족의 생각
한 민족의 느낌
마제
총칼로 절단하고
중상 입혀
불구화하였는가?

하늘도 푸르고
물로 푸른 동해안
그 기슭에 치어진
그 철망은
예수 머리에
로마 병정들이
눌러 씌운 가시관

예수 머리에서
피가 흐른다
예수 허리에서
피가 흐른다

이 민족의 머리에서 피가 흐른다
이 민족의 허리에서 피가 흐른다

상처는 점점
더 깊어가고
젊은이들
자꾸만 쓰러지는데
통증은 점점 무디어지고
넘을 수 없는
철조망만
늘어난다

오 주여
우리를
회칠한 무덤에서

일으켜 주소서
일곱 사귀 탈 쓴
이 나라 방방곡곡 세워진
철망들과
일흔 일곱 사귀 탈 쓴
분단의 장벽들
문질르고
갈라진 마음
하나로 모두는
일꾼 되도록
불러 주소서
그 날에 올
그 평화

하나님의 평화가
이 민족의 평화일지어다
축복일지어다

Suffering East Coast

Sky is blue

Water is blue

Sand is white

where sun beams dance

Pouring life's full blessing

It is the East Coast

Out beach, the dazzling beauty.

Birds fly

Fishes swim

Seaweeds wiggle

With the free movement

Of the waves

Telling stories in eloguence

The wordless innocence

But our people

Caught by the barbed wire

Driven into deprivation

Of all we can do on the coast

Forbidden to embark and disembark

And to go near the beach

The sand with dazzling beauty

The water with full of life

Now talk only

Of death and nothingness

Who cut the belly and loin

Of this land and the people?

Whose guns and bayonets are dividing

The thought of one people

Leaving deep wounds

Disabling the whole?

The sky is blue

The water is blue

And the barbed wires

On the beach

Are the crown of thorn

Forced down on the head of Christ

By the Roman soldiers

Blood is shedding

From the head of Christ

Blood is drainning

From the loin of Christ

Blood is shedding

From the head of our people

Blood is draining

From the loin of our people

The wound is deepening

Further and further

The youth are dying

Day after day

As the time goes by

Sensation of pain is getting dull

And the untresspassable

Barbed wires number more

Oh, Christ

Raise us from the white coated sepulchre

Help us to be laborers of Christ

In cleansing out

The barbed wires of seven demons

Which are built all over the nation

And rifting walls fo seventy seven demons

Which are hardening minds of the people

And help us to bring in one

The broken land

And mind, heart of our people

May the peace which will come on that day

Be to this land

And this people

We pray for the peace of Christ

And the blessings

From the everlasting creator

소원[60]

화창한 계절

시냇물 풀려 졸졸 달리고

버들 강아지 보송보송 쌌 터 올라

파란 새쌌들 대지의 압력 뚫고 고개들 무렵

어떤 날 우리는 이 화창한 계절에

까닭모를 피난민이 되어버렸다

모든 것이 끝나고

우리가 우리 땅의 주인노릇할 줄로 알았는데

피난민 노릇이란 웬 말인가?

무슨 죄를 지었기에

남의 물건 훔치듯

이웃 몰래 숨어

성급히 겨냥없이

짐 보따리 싸 갖고

나의 집 나의 사랑 저바리고

저녁녘 어둠타고

---

60 이 시는 한국의 여성, 노동자, 어린 아이들, 농부들 사이에서 전래되어온 시들을 영어로 번역하여 묶은 시집 가운데 수록된 시 Lee Sun—ai, Don Luce, ed., *The Wish*, (Frendship press: New York, 1983) ,62–70.

뜨내기 신세가 되었는가?
지겹던 피난민 보따리여!

배를 탈까 하고 원산까지 갔으나 배가 없어
평양에서 전세낸 트럭에 다시 올라
따라 내려가는 동해안
여이고 가야하는 내 강산이여
못 잊도록 아름다운 서운함이여
명사 십리 백사장엔
가도 가도 줄기지는 눈부신 모래
모래밭 따라
줄달음하는
하늘과 바다의 티끗 없는 푸르름
순진 무구의 어린이 웃음짓는 그 존재
변함과 불변함을
동시에 내포하는 지상(至上)의 존재, 스스로 있는 자
저 먼 수평선의 신비한 고요
항상 저 멀리 나를 부르며
"내게로 오라"고 속삭이듯
동시에 "그곳에 머물러라" 고함치듯

푸른 양산 펴 놓은 듯 올망졸망
수 없이 지나가는 솔나무 숲
내 가슴에 일어나는 통증있어
인생고의 쓴잔 맛보는
어린 나이여
응당 놀고 웃어야할 어린 나이여

웅장 교묘의 금강산 봉우리
봉우리마다 뛰어 건너며
숨바꼭질이라도 해 봤으면
봉우리 정상에 우뚝 서서
"나는 이렇게 살고 싶다
나도 이렇게 살 권리가 있다."
실컷 고함치며
산울림 소리라도 들어봤으면

팡, 팡, 팡……
우리나라 강물인데
건너야만 하는 이 강요
요행만 바라는 이 강요

치마와 바지를 허벅지까지 올려 부치고
처절하게 가는 강요의 행진
우리나라 우리 강 우리가 거느는데
전시도 아닌 평화 시절인데
노서아 군인들이 총질한다

노서아군이란 무엇인가?
히로시마 나가가끼 며칠 후에
일본의 패배가 명확해진 후
그 바로 며칠 후에 일본에게
선전포고하고
자본주의 자들의 치열한 전쟁속에
다른 한 자본주의 세력에 동조하여 말려 들었다
우리를 해방시킨 위대한 군대라고 자칭하며
무장도 않고 의지할데 없는
양민들에게 총질하였다
자유롭게 살고파
우리 강물 거느는게 죄목이란다

높은 곳에서 명령이 내려

그 명령은 고랑처럼 줄줄이 이어
그와 나를 함께 묶어 버렸네
"나는 그를 아는가?
형편이 달라졌을지 모를 노릇
원수가 아니고 친구이었을지 모를 노릇

그럴 기회는 주어지잖고
왜 그렇냐고 물어볼 겨를도 없이
그들은 우리에게 발포하였고
우리는 그들의 조격대상이 되어 버렸다
한국인에게 총질하는 노서아인들
이야말로 터무니 없는 일이 아닌가
이것은 장난인가
장난치고는 너무나 위험한 현실

하지만 나는 그네들 선 자리가 부럽지 않다
명령의 쇠고랑 끄트마리에
댕그렁거리는 그들 신세
하지만 내 형편도 낳을게 없다
끝없니 허약한 우리 형편
끝없이 울어야할 우리 형편

마침내 도달한 피안의 언덕
까딱하면 놓질번한 그 언덕
우리는 도망자요, 피난민이요,
무슨 연고로 이 신세가 되었을까
북쪽과 다른없는
남쪽 언덕에 주저앉아
도주의 성공을 웃기보다는
울어야했던 나의 신세
내가 태어나기 전서부터
내 웃음은 억눌림을 당해 있었다

도우소서! 나와 내 민족 도우소서
"피난민은 다 한 곳에 모여라"
바다처럼 모인 사람
마치 북쪽 모든 백성 다 밀려온 듯
평생에 처음보는 양키 군인들
모두들 반짝이는 군화 신었고
반듯하게 줄진 군복입고
금새 욕탕에서 나온 듯 깨끗하고
모두들 추잉검 짝짝 씹으며

이상한 기계들 손에 들고
쾌재라 뿌리는 DDT공세
"북쪽에서 가져오는 이와 병균 모두 제거해 주마"
그들은 또 이렇게 말하는 듯 하였다
"이것은 우리처럼 문명하고 자유롭게
남쪽에서 살기를 허락하는 의식이라"
이것이 그들의 인도주의 자선인가
머리부터 발끝까지 하애진 우리들

밀가루 봉지 싸는 작업부들인양
하얀 몬지속에 방황하는 유랑민인양
모두들 받은 흰가루 세례
북쪽에선 우리를 부르죠아지라고 하지 않았나?
미국 잉여 농산물에 으지하여
연명해 가야하는 기형 부르죠아지
나는 미국에게 감사해야 하는가
저주해야 하는가
친구인지 적인지도 분간하기 어렵구나

이렇게 내 "자유"와 "존엄"은 시작됐다

이렇게 "정치"는 내 속에 눈떴다

세상을 알수록 우리 신세는 더 어렵게 보인다

독재자들이 "민주주의"를 노래한다

"인권, 정의, 자유"를 말하면 빨갱이라 한다

죄 없는 자들이 투옥 당하고

고문 처형 욕을 본다

사악한 짓

부강한 나라들은 그들 세력을 굳히려고

우리에게 빚주고 이자로 살찐자

점점 뿔어가는 높은 이자율

이 나라 빚 중량에

가난한 백성들은 목이 졸린다

위험한 "반공주의!"

실속없는 "민주주의"

"가난한 자를 놓아 주어라!"

"억압 받은 자를 놓아 주어라!"

"천만 악귀의 손아귀에서 풀어 주어라!"

"예수가 본 세웠다

우리는 그의 뒤를 따를 나름이다"

김일성에게 쫓겨난 예수쟁이들
박·전 정권에게 핍박받는다
우리는 어디서 도움을 받나?
홍해와 사막이 우리 앞에 깔렸으니
주여 도우소서
우리 민족으로 다리를 지어
홍해에 걸고
사막길 바르게 하옵소서
증오와 분단의 이 지옥서 빠져나와
사랑과 통일 평화의 나라로
승리로 이르도록하여 주소서

또 한 봄은 오고
저주의 삼팔선
넘은지도 삼십오년
저주의 삼팔선
터무니없는 분단의 역사
지울 수 없는 주검의 표적갖고
우리 각자 생을 얻은 한국이여!
지금은 또하나의 봄철

또 하나의 희망

내 날은 뱅뱅 겉돌기만 하고

환히 보이는 원점엔

도달할 길 막막해

우리 적들은 너무 많고 너무 강하다

오, 한국이여!

나는 너를 사랑하여 고통하노라

그날이여 오소서

허다한 눈물 흘린 나의 눈이

마침내 감겨지기 그 이전에

그 날을 보게 하소서

The Wish

It is a season of splendor

When the creeks break free to run

And pussy willows bloom; the buds

New greens, break through oppressing soil

The flowers, delicate, paint scenes of joy and hope

It was the same thirty some years ago

When one day, in a glorious season

I became a refugee, not knowing why

Yes, we had thought that it was done

And that the time had come

That we could be ourselves

The hosts of our own houses, in our land

But why have I become a refugee?

What crimes have I committed

That I have had to pack up like a thief

Collecting someone else's things

In haste, perplexity, all hidden

From the neighbor's eyes

Abandoning my home, my heart

To travel like a vagabond

Loathing my luggage

In the tide of th evening darkness

We went up to Wonsan for a boat

There was no boat

At least we had a truck we'd hired in Pyong-Yang

We drove along the coast

How beautiful the beaches of the land I left!

Myong Sa-Ship-Ri, the miles of white sand

The matching miles of untainted sky and sea

The smiling infant joy of innocnece, the being

With the one, the changing and unchanging

The sublime, with a being all its own

How mysteically serene, the far horizon

Luring always far away

As if it were whispering "Come to me!"

And shouting "Stay!" at the same time

We passed the pines, innumerable groves

Like parasols of green. They made my heart ache

The pains of life were born in me, so young a child

Who would normally play and laugh!

Then there was the magnitude and delicacy

Of the mountains fo Keum Kang

How I wanted to jump from peak to peak

Playing hide-and-seek on each, and standing proud

I wanted to cry out to my heart's content

To listen to the trails of my own echoes

"I want to live like this!

I have the right to live like this!"

Bang, bang, band!

It is a river in our own country

That we were forced to cross. Hoping for luck alone

We rolled our skirts and pants up to our thighs

We were desperate

Some Russian soldiers fired at us. It was

our own river. It was a time of peace

Who were they, these Russians!

Some high up gave an order

That order made a chain

That chain bound them and us

That chain bound him and me

"Do I know him? Have we met?"

If only I had met him face–to–face

It might have been different

We could have been friends... who knows?

We had no chance to try

Even before we could question them

They shot. We were their targets

Russians firing on Koreans

It is absurd

Is it a game? But how dangerous, and real

And yet I didn't envy them their posts

Those soldiers dangling at the end of the chain

And yet, at my endlessly vulnerable position

I wept

On the oter side at last, we reached a hill

Escaping narrowly

We fled, were refugees, not knowing why

Just sitting on a southern hill

Just like a nothern hill

I could not laugh at the triumph of escape

But only weep again

My laughter having been repressed

Before I was born

Help! Oh, help me and my people!

Someone said that all the refugees

Should go to the camp–a sea of people

I asked, "Is all of north Korea down here now?"

I saw Yankee soldiers for the first time in my life

They all had shiny shoes

Clean, pressed uniforms

They were clean themselves

Just out of the bath, perhaps

They all chewed gum relentlessly

They all held strange machines

They were spraying us with powder, DDT, as if to say

"We'll rid you of the bugs and germs

You are carrying from the north"

As if to say, as well, "This rite

Will authorize you to live in the south

Like us civilized and free."

Was this their way of humanitarian benevolence?

We were made all white, baptized from head to toe

All white as flour-packers or as homeless nomads

Roaming in the dust. Weren't we the same

Once called the bourgeoisie

Who hae been pushed into this plight?

Some bourgeoisie! We whose very lives depend

On excess grain from the USA!

Do I thank them? Curse them?

Oh, I cannot distinguish frined from foe!

This is how my "Freedom" and my "Dignity" began

This is how my "Politics" awoke in me

As my knowledge grows, our plight seems more difficult

As the dictators sing of "democracy"

They call "communist" whoever speak of

"Rights," "justice", and "freedom"

And innocents are found, imprisoned, tortured, killed

The schemes are devilish!

To reinforce their power

They loan us money, making their pockets fat

With snow-balling interest

While the weight of our country's debt

Strangles the poor

How dangerous this "anti-communism" is

How mutable!

"Free the poor! Free the oppressed!

Free them from the grips of a thousand demons!

Jesus set the examples: we are merely following

His steps," They say: "You are the reds.

You're communists, and dangerous."

The Christians exiled by the Kim regime

Are harrassed by the Park/Chun regime

Where can we turn now

With the Red Sea and the desert before us?

Oh, God help our people to build a bridge

Over the Red Sea and straighten the road in the desert

To come out victorious from the hell

Of hatred and division, to be led in the land

Of love, unity and peace!

Spring has returned again

Thirty-five springs since I crossed that wretched border

The thirty-eighth parallel

So arbitrary a division in our history

O Korea, where we each are born

With marks of death, indelible

Yes, it is another spring, another hope

My days are turning round and round, and I can see

The original point, but cannot get to it somehow

My enemies are too many and too strong

Oh, Korea! I suffer in my love for you!

Let the day come, let me see it

All-before my eyes, which have shed so many tears

Have finally closed

ON THE MOUNTAIN[61]

I went to the mountain

To meet Yahweh

And discuss problems

My people raise again and again

To find ways right for us

Aren't we God's chosen beloved?

God descended on the mountain

From godly abode of heaven

On the pilars of cloud

In the mighty whirlwind

That shattered all creation

Shining radiant

In the rays of grace

That is even stronger

Than the direct sun beams

Or any other light

I've ever known

---

61 이선애, KHS US20–P1, 1989.

I was awed

Oh I was awed

I don't know how I survived

This mighty encounter

That shattered my whole being

Making it a totally new being

It's the power

Of God of life

Creation and recreation

Yahweh and I

Yahweh and I

Wrote on the stone plate

God's command to my people

God's law to the people

Wandering astrayed

The mighty revelation

Of God to humanity

I was awed

I was awed

Exilerating experience

Beyond description

The uttermost joy of inscribing

God's word on the stone

For my people

For my people

Yahweh and I

Yahweh and I

Delivered them

From slavery to freedom

To sourjourn and struggle

In the path eternal

God's history of redemption

Until the day of consummation

Deepest experience

Of meeting Yahweh

Changed countenance

Of my face

My skin was shining

In my awe I covered my face

When talked with my people

I dared not to show off in public

Great favour Yahweh gave me

In my awe and humility

I covered my face

Before my people

In my awe and freedom

I uncovered my face

When I talked with Yahweh

The maker of freedom

One venerable almighty

January 1989

At McCormick Theological Seminary

존재와 성찰의 목소리
생명성·사랑·평등

장기숙(시인·수필가)

이선애 목사님의 시편들과 마주한다. 하늘나라로 가신 지 23년
이 흘렀지만, 바로 지금 여기서 뵈온 듯 반갑다. 시인과의 첫 만남은
1992년 갈현교회에서다. 당시 한국에는 여성목사가 드물던 때여서
사모님을 목사님이라 호칭하는 데 생소했지만 차츰 익숙해지면서 푸
근한 느낌을 받았다. 오후 예배시간에 평신도 교육을 진행하며, 베
풀어주신 사랑을 어찌 잊을 수 있을까. 夫婦 문패가 나란히 걸려 있
는 녹번동 목사님 댁을 오가며 가족처럼 한솥밥을 먹고 지낸 일들이
슬라이드처럼 스쳐 간다.

시인이며 신학자이신 목사님께서는 자국과 해외 여러 나라에서
남녀 차별문제, 고질적인 관습 등 만연돼 있는 불의와 맞선 선구자
다. 교계와 학계의 원로요, 까마득한 스승님의 詩 세계를 운운함은
무례를 범하는 일. 다만 시인께서 추구한 문학적 지향점을 삼가 공
경하고 추모하기 위해 감히 詩의 숲에 들어보려 한다.

1. 존재와 성찰의 시학

존재에 대한 내면적 고민은 환경과 상황으로부터 시작된다. 실존의 문제들로 무기력해질 때 문학적 자아의 성찰은 자연스럽게 길 찾기에 나선다. 인간은 유한한 삶을 살기에 영원을 소망하고, 우주적 순환의 과정 속에 가치 있는 삶을 추구한다. 아울러 존재에 대한 사유와 함께 승화의 정점을 향해 끊임없이 천착을 한다.

詩는 자연과 인간의 삶을 조망하는 만큼 시학의 층위도 여러 분류로 나뉜다. 21세기 현대시학에 관련하여 이선애 시인의 시편들은 존재와 성찰의 시학, 생명과 구원의 시학, 시대와 삶의 시학[62]으로 요약된다. 시적 자아는 자연의 서정성과 현실 참여의 관심과 함께 존재성, 생명과 사랑, 평등사상이 시인의 세계관과 주제의식 면에서 중요한 요소로 작용하기에 주지한 측면을 살펴보고자 한다.

아름드리 나무가 하늘을 가리고
향기로운 꽃들이 연연한 숲 속에
나대로 피어 본 작은 勿忘草
님의 눈에 아릿다운 첫 사랑은 못되오나
나로서의 표현을 잊지 마세요
영원한 자리라서 너무 작게 빛나는
하늘에 별은 나를 알아주지요

62

작은 침묵 속에 헤아릴 수 없는

하늘의 별들은 나를 잊지 않지요

그 어느 때엔가

나의 파란 미소에

한 소녀의 마음에 무거운 시름 풀고

소박한 웃음을 배우게 한

나의 한 작은 친절을 잊지 마세요

- 「나를 잊지 마세요」 전문. 1963. 4.

勿忘草는 화자와 동일시한 상관물이다. 서정적 이미지로 자연은 자주 시에 나타난다. 하늘을 가린 '아름드리 나무'와 '향기로운 꽃들이 연연한 숲속에' 물망초는 작은 꽃에 불과하다. 주변은 온통 거대한 나무와 향기로운 꽃들(사회적 환경)이어서 자신의 존재는 가려져, 물망초의 꽃말 "나를 잊지 마세요"를 도입해 존재를 알리는 시적 발상이 신선하다.

서정시의 장르적 특징 중 하나가 동일화이다. 사물 속에 자아가 투사되거나 동화를 통해 한몸이 되는 것이다. 작은 꽃, 즉 나를 알아주는 별, 꿈과 희망에서 화자의 긍정적 심상이 전해온다. 소회가 잔잔하지만 각 연마다 말미의 어조는 짐짓 강하다.

밤은 깊어 오오
수레바퀴 자꾸만 휘도는데
또 하루 영겁 속으로 접혀 드나이다

일과 웃음에
나마저 매장한 허전한 흡족감
첩첩한 모순 속에 단순한 진리가 씨박히지요
살기 위하여 일한다지만
힘껏 하노라면 낙도 오는 것을
산다는 일은 좋잖아요!
일하느라고 웃기도 했다오

밤은 고요로히 나를 찾아주오
일과 웃음 속에 얼설켰던
大洋의 모래밭에 나 한 알 가려내오
말씀 이전의 혼돈에서

밤이 느리운 나만의 벽 속이
밤처럼 흐뭇하고 말이 없다오

밤의 장막이 나를 싸 덮어
나 홀로 세계로 깨워 주실 때

내 작은 가슴 속에 깃드시는 이

밤처럼 흐뭇하고 말이 없는 이
그이가 안겨주는 온 누리를
나의 작은 성벽 속에 느끼나이다

-「이 밤에」 전문. 1963, 4.

매장된 첩첩한 모순 속에 몸부림치는 자아. 그러나 밤이 느리운 나만의 벽, 성벽 속에서 세계를 향해 깨어 있는 자신을 발견한다. 실제 현실 공간과 은유적 의미의 공간을 확보하여 물질적 정신적 자립을 성취하려는 화자에게 온 누리를 안겨주는 어떤 분이 계신다. '이 밤에' 시의 마지막 행 "나의 적은 성벽"은 자신을 가두기도 하지만, 여기서는 온전히 자신의 존재와 함께하는 대상을 만나는 공간이 아닐까.

은은한
부름
소리 없는
말의 뜻

잔잔한
호수 위로

배들 간다

바람도
돛도
달지 않은

나의 마음
불리우고
불러보는
나는
나의 배
너는
너의 배
지키면서
은은한
말들
새겨 보며
우리 호수는
잔잔하다

미소
어린다

잔잔한 호수 위에 떠가는 배가 한 폭 그림처럼 다가온다. 호수와 배는 실질적 공간과 사물이지만 시적 모티브로서 가정 내지 어떤 공동체와 거기 속해 있는 한 일원으로 서정적 동일화를 갖는다. 배는 나만의 혹은 너만의 소유가 아니라 각자의 것이기에 균등하다. 그래야만 바람 없는 호수는 잔잔하고 미소가 어린다. 유순한 듯 하지만 "나는 나의 배/너는 너의 배"를 강조했듯 서로 간 존재가 소중하다는 메시지에 분명한 뼈가 들어 있다. 글의 표현 중 대치법을 활용하면 생기 있는 시적 효과를 거둔다. 호수는 정적이며 배는 동적인 대치를 이루면서 묘사와 진술이 잘 어우러져 짧지만 긴 울림이 여운을 남긴다.

햇빛 따라

한 가람 따스함 따라

내 마음 허공에

흩어져가도

가을 하늘은 푸른데

낙엽이 전율하는

나뭇가지들

찬 바람

마다하고

오열 삼키고

어차피 지는 낙엽
어찌할 바 없으련만
그래도
가슴에 아픔은 고이고
모진 풍상에 굳어지는
통나무 미끼 연륜마냥
오열, 슬픔과 괴롬에
굳어지는
자꾸만 굳어지는
나의 마음

하지만 나는
한 가람 따스한 햇볕따라
나의 마음 눈 열고
푸른 하늘 길
끊임없이 헤매도

그저 이렇게만 그저 저렇게만
하는 법이니라
잔말 말고 딴 생각이란

아얘말고

저항이란 더할 것 없이

얌전히 점잖게

세상눈치

조상눈치

친정시댁

모든 눈치 살펴가며

남의 말이랑 일체 듣지 말고

소리 없이 왔다

소리 없이 가는 인생

그것이 우리 규수의

도리니라

네 얼굴이 예쁘거든

내 신랑에 웃음 주며

혼자 거울이나 들여다볼 것이지

네게 뛰어난 재능이 있거든

자손에게 물려줄 거름 노릇으로 족할 것이지

너에게 재력이 있거든

기둥서방이라도 얻어

허울 좋은 방패라도 내세워야지

네게 웅변의 능이 있거든

혼자 뒷산에 올라가

메아리치는 소리라도 들어보려무나

꽉꽉 억누르고
부드럽게 거부하고
정면으로 무시하고
간접으로 달래가며

그저 평온하게
그저 무사하게
그리 알뜰히 행복하게
아버지
남편
아들들의 울타리 속에
고히 고히
세상 모르고
풍파 모르고
해가 뜨는지
달이 지는지
그러다
이마에 주름살이 잡혀
고운 피부가 쭈그러지고
검은 머리 잿빛으로 퇴색하다가

세상도 삶도 모르는 체

죽어가는 인생

아, 나는 이런 인생을 거부하오

진정코 거부하오

    -「가제-일어서는 길」전문. KHS US6-P: 제목 없음, 1979. 10. 7.

한국의 전형적인 남성중심의 가부장제도는 오랜 세월 이어져 왔다. 이러한 환경 속에 여성들이 삼종지덕을 미덕으로 알고, 허울 좋은 타성에 젖었는지도 모른다. 그러나 화자는 모순에 복종하지 않는다. "모진 풍상에 굳어지는/통나무 미끼 연륜마냥/오열, 슬픔과 괴롬에/굳어지는 자꾸만 굳어지는/나의 마음"이라 속절없이 늙어가는 자아에 대한 독백적 진술을 한다. 시인은 생활 깊숙이 뿌리내린 무기력과 실존의 문제를 객관화 시켜 세상 여성들에게 확장시켜 나간다.

시의 표현에 있어 묘사와 진술은 커다란 두 축을 이룬다. 시적 묘사는 가시화된 대상을 감각적 이미지로 스케치하듯 표현하고, 진술은 화자 스스로가 대상이 된다. 이때 시적 진술은 독백적, 권유적, 해석적 진술로 나타나는데 객체 중심의 탐구와 비판이라는 성향을 갖는다. [63]

---

63 오규원, 『현대시작법』, (문학과 지성사, 2002), 134.

2. 생명과 구원의 시학을 통한 영원성

봄이면 꽃과 잎이 피어 겨울이면 떨어지듯이 인생도 이와 같은 과정을 밟는다. 이처럼 모든 생물은 잉태와 탄생, 성장과 소멸에 이른다. 그러나 생물의 죽음은 종교적 부활 혹은 윤회설에 입각하여 다시 거듭나 순환적 생명성으로 이어진다.

우주 지심에
불꽃 뛰고
생명 창조란 기적이오

태아는 엄마 속에
모랫물 주머니로 고립하고

우리 방언은
짓거리는 입마다
이방이건만

슬픔과 죽음이
뱀 모양
찾아들 그 이전부터

우주의 지축에

192

불꽃 뛰었고

생명
창조란
기적이
있었오

- 「사랑의 신비」 전문

생명을 노래한 시편들은 다분히 여성성을 수반한다. 물론 남성들도 이에 대한 생명성의 시편들을 수없이 창작하지만 아기주머니가 있는 여성이기에 더욱 설득력을 갖는 게 아닐까. 살을 찢는 고통 속에서 새 생명을 탄생시키는 여성, 이 숭고한 제의를 털끝만큼이라도 폄하할 수 있겠는가.

생명의 기원
물은 처음 생명이 있기 전 태초에 있었네
온 생명을 살게 하는 어머니 창조주와 함께 있었던
그 물은 지금도 있고 영원히 있네
물은 내 생명의 운명
그것은 내 몸을 이루는 필수적 요소들
어머니의 자궁에 있는 물주머니에서 내가 형성되었고 자랐으니
내 생명이 멈출 때

나는 마른 먼지로 돌아가게 되리

물은 치유함의 원천

뜨거운 여름날 내 몸을 삭혀 내리는 목마름을 풀어주고

내 지친 몸이 시원하고 충만한 물속에 잠기니

물은 어머니 자연의 젖가슴

고요한 물 위의 화평스런 경치를 보는 것만으로도

내 눈의 피로는 사라지고

내 온 존재가 새롭게 되나니

가득한 물

세상의 사나운 공격 때문에

갈갈이 찢기운 내 영에 휴식을 주고

활기 넘치는 파도는

절망 가운데서 다시 일어날 용기를 불러일으키네

물은 깨끗하게 하는 힘

온갖 먼지를 씻어내고

그 먼지와 함께 멀리로 옮겨가며

죄로 깊게 얼룩진 영혼의

상처 싸매주고 그 생명을 소생시키는

깨끗하게 하는 힘이네

물은 영원히 새롭게 하는 힘

언제나 유유히 흐르며 언제나 모아들이며
언제나 위를 향해 증발되면서
또 언제나 아래로 달려가는

물은 영원한 흐름과
모든 상황에의 순응성을 보여주네
그러나 그것은 불변 안에 있는 변화
법칙 안에 있는 비법칙의 비밀을 가진 것
부단한 흐름으로 가득한 고요함이며
아래로 흘러 또 높게 오르며
고통 안에서 기쁨을 노래하는 개인과
공동체적 정체성들의 완벽한 연합이니
측량할 수 없는 깊이의 이중적 형세들과
백만 가지의 표현들을 절묘하게 가지고 있어

담겨질 수 없는 것에 자신을 내어주면서
어떻게 스스로가 담겨질 수 있는가를 알고 있네

물은 항상
생명을 죽이고 살리는 힘으로 작용하네
모든 생명 있는 것들과 영원히 살아 있네

-「물 Water」 전문

문학에 있어 상징은 중요한 수사법이다. 여러 종류의 상징 중 원형적 상징은 역사나 종교, 풍습 등에서 수없이 되풀이된 이미지다. 휠라이트의 반복적 원형 상징에 의하면 상하의 원형, 피의 원형, 빛의 원형, 물의 원형, 원의 원형(수레바퀴)이 대표적이다. 이 중 물의 원형은 생명, 여성, 힘, 정화, 치유를 담고 있다.[64] 따라서 위의 詩〈물 Water〉은 이들 원형 상징의 특성이 결합, 교차하여 끊임없는 순환과 아울러 영원성을 함축한다. 첫 연에서 물→생명→어머니→물→영원으로 회귀하는 낱말들의 조응은 우연한 일이 아니다. 생명의 영원성을 첫 연과 마지막 연에서 재차 인식시키는 양괄식 구성 또한 유기적인 완결미를 맺는다.

가을 오면
산으로 가고 싶어
산에서 가을을
낳고 싶어

하늘을 빨아 드려
하늘로 물드린
짙으며
열으며

---

64 김준오, 『詩論』, (三知院, 2001), 215~217.

빛깔을 낳고 싶어

하늘에 얼싸안겨

뭉그러지어

아쉬웁게 여운지는

소리를 낳고 싶어

보이지도

들리지도

어엿이 떳떳한

신비의 누적

방울방울 소곳이

배고 싶어

가을 오면

산으로 가고 싶어

산에서 하늘을

낳고 싶어

-「가을 오면」 전문. 1963. 9. 15.

위의 시는 자연을 바탕으로 생명과 존재를 노래하고 있다. 가을 산은 빨강, 노랑, 파랑 저마다의 색깔들로 울긋불긋 빛을 낸다. 시각적, 공감각적, 청각 이미지를 통해 "어엿이 떳떳한 신비의 누적/방울 방울" 잉태하여 낳고 싶어 한다. 이 염원은 여성이 가질 수 있는 특성과 생명성에 닿는다. 그러니 하늘을 닮아 돌올한 열매를 맺고 싶

어 한다. 여성들로 하여금 분명한 자기 색깔과 목소리에 대한 주체
성을 갖도록 툭 던져주는 메시지가 아닐까.

내 등에
아가가 업히었다

엄마 등에
아가는 잠이 들었다

내가 엄마가 되었다는
믿을 수 없도록 벅찬 신비

두 손을 뒤로 모아
아가의 볼기살을 살짝 눌러보면

아가의 몽싱하고
따스런 체온이
내 등에 옮아 온다
아가의 예쁜 꿈이
나의 가슴 속에도 피어난다
쌔근대는 숨결 따라
하늘까지 퍼져 가는

어진 꿈의

또 하나 신비가

엄마의 인생을

숲과 흙의 향기처럼 기름지게 하며

단 집 무르익은 과일처럼 성숙한다

아가의 꿈은 무엇일까?

엄마는

오래 전에 잃어버린

아가 적 꿈을

가만히 더듬어 찾아 본다

아가는

하늘과 우주의 비밀을 보인가는

예쁘디 예쁜

수정 열쇠를 열었을까?

아침나절에

쫓아다니던

작은 날벌레의 등을 타고

푸르고 높아

아연히 입을 열고

바라선 하늘을

나르고 있을까?

형에게 빼앗겨 서러이 울던

구멍 가게 과자를 되찾은 기쁨이

아가의 꿈 세계를 차지할까?

언제나 푸근한

엄마의 가슴에 묻혀

하루에도 세네 번 되풀이하듯

엄마의 젖을 빨고 있을까?

아가의 꿈을

괘앙한[65] 것으로 꿈꾸는 것은

아가가 말 못함을 이용하는

어른들의 욕심스런 projection일까?

아가의 꿈이

깨어질 우려 없는

단순한 것이라면

작은 풀 포기

조약돌 조각

사탕 알 두엇

진흙 덩어리

날파리 한 마리

---

65 과잉

나무꼬치 한 개

어쨌든
아가의 꿈은
나의 아가의 것이기에
엄마에게는
아름다운 것
값없는 것을 꿈꾸면서도
행복한 웃음의 단잠 누리는

아가의 꿈은
세상보다 귀하고
우주보다 값지다

마음속에
아가의 꿈을
넘을 수 없는 담 넘겨보는
엄마는
사랑이란
기적의 샛별 낳는다

–「아가의 꿈」 전문. 1963. 8. 19.

엄마가 된다는 것은 그야말로 벅찬 신비요, 하늘의 축복이다. 등에 업힌 아가의 고 말랑말랑한 볼기살이 닿을 적마다, 쌔근대는 숨결이 하늘까지 퍼져감을 느끼고 엄마의 인생이 "숲과 흙의 향기처럼 기름지게 하며/단 집(즙) 무르익은 과일처럼 성숙한다"고 노래한다. 아가의 꿈과 오래전 잃어버린 화자의 꿈이 겹쳐, 혹여 어른들의 과잉된 계획으로 세상보다 우주보다 값진 아가의 꿈이 깨지지 않기를 소망한다. 작은 풀 포기/조약돌 조각/사탕 알 두엇/에도 행복한 웃음의 단잠을 누린다. 그저 무한한 모성애는 기적을 낳고 꿈을 낳기에 충분하다.

3. 지평을 넓힌 사랑의 구현

시인의 사랑에 대한 모티브는 종교적 바탕에서 형성된 생명과 구원의 시학으로부터 출발한다. 여성과 떼려야 뗄 수 없는 생명 탄생은 천륜에서 시작된 본능적 사랑이자 이성적 사랑을 겸비한다. 아울러 혈연뿐만 아니라 이웃, 아시아 세계 여성들의 억눌린 삶을 위해 헌신과 희생의 행보로 지평을 넓혀감은 가히 아가페적 사랑이 아니랴.

황토 먼지 자욱한
국도 삼천리

백열한 하늘 밑

혼자 가는 나그네여

나의 원두막에
쉬어 가오
그늘진 멍석 위에
발을 뻗쳐 보아요

무르익은 과일론
목을 축여요
그대의 갈 길은
멀기도 하이

호올로 먼 길 가는
외롬 모르는   客이여

나의 작은 가슴에
따뜻한 축원이 고여 올라요

— 「원두막」 전문, 1963.

원두막은 화자의 마음을 동일시한 상관물이다. 나그네가 잠시 쉬
어갈 수 있는 곳으로, 땡볕을 피해 발을 뻗을 수 있고 갈증을 해결할
수 있는 쉼터다. 메말라 먼지 자욱한 세상에 목마르고 배고픈 사람

에게 시원한 과일까지 내 줄 수 있는 마음은 얼마나 소중한가. 공간적 이미지와 미각적 이미지가 동원된 따뜻하고 인심 좋은 시골 마을 느티나무 품처럼 넓고 아늑하다.

영자는
온순하고 근면한 계집
맑은 얼굴을 하며
그의 작은 몸매에
어울리잖는 언제나 빨갛게 부은 큰 손은
겨울이면 빨갛게 트는 거칠고 큰 두 손이다
(중략)
그의 손이
지어주는 밥을 먹고
빨아주는 옷을 입으면서
영자의 손이 발달하는 정비례로
나의 감각과 지성의 세계는
균형이 잡히지 않게 발달했을 게다
나의 설익은 지성과 감성을
좋다 할 사람이 있을지언정
충실히 발달한 영자의 두 손을
시인 밖에는 아름답다 할 이가
아마 없을 게다

(중략)

나는 영자의 거칠어진 두 손을 볼 때마다

마음이 아프도록 고마워지고

진정 그가 행복해지기를 빌고 싶어진다

- 「손」 중에서, 1963.

영자는 어렵고 가난한 집안의 딸이기에 남의 집 살이를 할 수밖에 없는 사회적 취약계층이다. 고된 영자에 대한 연민과 사랑이 느껴진다. 거친 손으로 비유한 이 땅의 수많은 영자에게 고마움과 행복해지기를 원하는 마음이 따스하다. 이 시대 소위 갑질이라 하여 을에게 인격적인 고통을 가하는 세상 갑질하는 사람들에게 경종을 울리는 내용이다.

4. 평등을 향한 思考와 분출

평등이란 사전적 의미로 '권리, 의무, 자격 등이 차별 없이 고르고 한결같음'이라 표기돼 있다. 그러나 세상은 수많은 차별이 난무하고 한결같지 않다. 유엔과 각 나라의 기본적인 평등이념에 따라 헌법이 정한 '평등법', '차별금지법'에도 불구하고 인종, 종교, 성별, 학력, 장애 등의 차별 폭력에 얼마나 많은 사람들이 핍박받고 희생되는가. 시인은 불공평한 처사에 직면하여 작은 울타리 안에서부터 암묵적, 급기야는 세계에 거센 항변을 분출한다.

큰 boss의 아내이기 이전에 나는 나이고 싶다

참사랑이란 피차의 존엄성을 인정하며

상호 인간성을 개발하며

인간의 무한한 가능성을 믿어

상호 성장을 위하여

서로 격려하는

정의와 평등의

끊임없는 교환이다

한쪽을 위하여

한쪽만이 희생하고

한쪽만이 기회를 향유하고

한쪽만이 성장할 수 있는

불균등의

모든 스트레스 image들

나는 엄청나게 뿌리 깊은

그것들의 현실로

상처입고

격분한다

   – 「나는 누구인가」 전문. KHS Sg3-D: 일기 중에서, 1982. 4. 22.

전통적인 가부장제도에서 여자 목소리는 담 밖을 넘으면 안 된다는 말이 전해온다. 소위 남편은 하늘이라 일컬어 떠받들 듯 하라는 암시를 받아, 남녀평등이란 말조차 입에 올릴 수 없는 어머니들이 있다. 남아선호로 인해 오빠의 학비를 벌려고 우리의 누이와 동생들이 공장에서 밤을 지새기도 한다. 부부란 똑같이 인격적으로 존중받아야 마땅하고, 딸들 또한 공부할 권리와 사회에 기여할 의무를 지닌다. 시인은 불균등한 현실에 상처 입고 격분하여 억눌린 여성들의 인간성 회복을 위해 강한 진술적 메시지를 던진다.

내 자식이여
어떻게
더 오래
이 어미가
침묵을 지킬 수 있을 것인가

내가 키운
살덩이를
까마귀들이 쪼아 먹는데
잠 못 이루는 밤들과
배고픔 권익박탈
겪어내며
마지막에 남아난
내 아들과 딸들의 살덩어리를

아이싸움 끝에
사랑스런 눈으로
나를 지켜보던
내 자식이여
너희들이 내 젖을 빨며
내 핏줄기에 흘렀던
피가 너희 것이 되고
그것은 지금
마을과 고을과
길거리에 강물 속에
흐르고 있다.

무슨 무기를 가지고 있든
어떤 권력을 가지고 있든
이 어미들이 길러온 생명을 파괴할 권력을
누가 그대들에게 무기를 주었는가
누가 그대들에게 생명을 파괴할 권력을 주었는가

기다려라
너희 어미들의 함성을 들어라
폭력과 증오의 악순환을 멈추어라
이 죽임을 멈추어라

그리고 해결책을 찾아라

죽임을 멈추어라

지금 당장 죽임을 멈추어라

　　　　　 - 「스리랑카 어머니의 탄원」 전문,

　　　　　 KHS Kor9-P1:스리랑카 어머니의 탄원

민족과 종교 갈등의 불평등은 어마어마한 파괴를 초래했다. 나라가 위태로울 때 특히 힘없는 여성과 어린아이들의 희생이 먼저 따른다. 우리나라도 일제 강점기와 한국전쟁을 상기해 볼 때 일본군 위안부와 양공주, 고아들이 넘쳐난 부끄러운 역사를 겪지 않았던가. 시인은 역사인식과 현실참여 비판 정신으로 핍박받는 여성과 어린아이들의 비극에 동참하여, 시대적 이념의 아픔이 얼마나 참담한가를 보여준다. 시적 전언을 통한 선언적 언술로 작가의 의도를 명백하고 생생하게 개인, 불특정 다수를 향해 강한 명령법으로 적극 해결을 요청하는 목적시다.

철근 세멘 콘크리트

흑회색 벽이

사방을 꽉꽉 둘러쌌다

높기도 높다

뜀뛰기 선수도 넘을 수 없고

요술쟁이들도 어쩔 수 없다

다이너마이트 원자폭탄

다 소용 없는 불가공의 벽

이 사방벽 안엔

다시 각각

플라스틱 창살로 구분된 벽들

많은 방들

넓은 방 좁은 방

좋은 방 나쁜 방

이 세상 나라들의

숫자만큼이나 다양스럽다

그 방 속에 사는 양상

역시 가지각색이라

어떤 방에는

불도 땔 것도 없고

식사와 음료수도 모자라

애비 에미 애써 일하는데도

애새기들

배때기만 튀어나오고

힘없는 눈깔들 퀭하니 떴고

어떤 방에는

난방 장치

갖가지 자동장치

진수성찬

무도회

각가지 문화시설

크리스챤 디오르, 쌍로랑이 고안했다는

수만의 누에들이 애써 짜 놓은

고운 명주와

그것 밖에 쟁끼 없는

흑인 여인들이 손으로 짜아 낸

거친 매들로 만든

희한스런 옷들을 걸쳐 입고

샴페인(champagne) 터트리고

오케스트라 풍정거리며

눈부신 샹데리

활활 타는 넓은 방에서

춤이 버려졌다

지치면 바로 옆에

상다리 찢어지게 차려놓은 만찬

Caviar와 칠면조 뜯어 먹다가

한없이 즐거운 듯

마구 웃어대다가

끊임없이 재잘대다가

춤도 웃음도 회화도 성찬도

지쳐버렸다는 듯

변덕스레 변하는 얼굴 짓고

음악을 바꿔라

복잡한 Orchestra는 집어치우고

쿵정쿵정 리듬만 울리는

북들만 두둘겨라

소리의 단조화를 이뤄보자

환경도 바꾸어라

샹데리는 꺼버리고

촛불을 키대

녹아버리지 않는

멋지고 편리한 것으로 만들어라

(중략)

산나물이나 좁쌀 따위는

껌둥이나 노랭이나 먹는 것이지

우리들은

살찐 암소와

희귀한 생선알들이나

새들의 연한 살코기를 먹되

요리법을 바꾸어라

오븐불에 말고 숯불에 구어라

신선한 참나무로 구어낸 숯불로

그리고 소스도 다르게 해봐

(중략)

아아 결국 근원된 문제는

저놈의 담벼락이 아니었던가?

그것을 뚫고 넘어야 한다.

그래야만 참 자유가 있을 것이다

이 절대불가능의 四方壁을

어떻게 넘나?

로켓을 쏴보자

우주선을 타고 넘어 보자

그러나 아니야 다 아니야

인해 전술을 ?

누에같이 뽕잎이나 먹고

꿈틀거리는 인간 이하 것들이건만

그들의 능력을 평가해서가 아니라

우리를 억압하는 이 담벼락을

끊어트릴 일이라면

손과 체력과 인내력과

피와 주검까지 필요한 것이라면

상호이용의 원리에 따라

내 자신이 저들과 동등한 지위에

떨어짐으로

저들을 격상시키는 한이 있더래도

아 다함께 우리의 공동의 적

불공불멸의 사방 벽을 뚫어보자

나의 해방

절대의 자유는

그래야만 성취되는 것이리라

- 「四方壁」 중에서. KHS Gv2-P9: 四方壁

시인의 사회성(sociality)은 세상 도처의 불평등과 구조적 모순을 작품 속으로 소환한다. 첨예한 벽 속의 천태만상 병든 세태에 포커스를 맞춘 빈부격차에 대한 역설과 풍자적 묘사가 리얼하고 장황하다. 하늘을 찌를 듯이 높은 빌딩 밑에 그림자는 깊기만 해도, 화자는 불공평 앞에 결코 굴복하지 않는다. 벽을 부수기 위한 체력, 지력, 인내력을 키우는 일로 피와 죽음까지 감수할 것을 다짐한다. 이는 혼자가 아니라 모두 함께 공동체적 힘을 모아 절대 자유를 성취하자고 선언적 언술로 촉구한다.

돌을 나라와

야무지고

굳센 놈을 포개어라

우정의 금자탑

이룩하자

너와 나의

거닐은 길

다른 발자국이 어질를 무렵

너와 나의

따사한 숨결

흩어진 허공 식어질 무렵

전설의 金字塔

빛나리니

돌 하나

돌 둘

낙수 겪어낸

시냇가 놈으로

날라와

포개어라

- 「우정의 금자탑」 전문, 1963.

5. 페미니즘 시적 미학과 삶의 발자취

시는 언어의 예술이라고 한다. 언어가 사물을 존재케 하므로 하이데거M. Heidegger는 언어를 "존재의 집"이라 말했다. 단순한 의사소통만이 아니라 문학에 있어서 존재의 심층(深層)을 표현하는 근본

적인 조건이라는 뜻을 함축하는 말이다.

이선애 시인께서는 내면 깊숙이 가라앉은 내밀한 경험을 시적 장치를 통해 세밀하게 표출했다. 믿음의 바탕에서 출발한 〈조물주를 닮은 마음〉, 〈은하처럼 흐른다〉, 〈첫여름의 黙想〉에서 표현했듯 자연과 조응한 창조주와의 소통은 서정적 감동을 향유케 한다. '존재와 성찰의 시학'을 되새겨 보면, 〈나를 잊지 마세요〉, 〈이 밤에〉, 〈일어서는 길〉이 존재론적 자아의 길 찾기로 대표되는 긍정적 대안의 본류로서 효과를 거두고 있는 결과물이다.

'생명과 구원의 시학' 형상화에 있어 〈사랑의 신비〉, 〈물 Water〉, 외에 〈가을 오면〉은 솟구치는 생명력과 순환을 통해 영원성을 노래한다. 종교적 바탕에서 형성된 사랑의 마음은 혈육 〈아가의 꿈〉을 넘어 〈손〉, 〈원두막〉에 나타난 이웃 사랑이 따뜻하게 번진다.

우리 삶의 문제는 시대와 밀접한 관계에 놓여 있다. 민족적, 종교적 갈등, 정의와 불의, 빈부격차, 남녀차별에서 보듯 불평등은 시대적 산물이다. 시인은 가부장적인 억압에 대한 현실 인식을 바탕으로 여성의 자유와 해방을 추구하였다. 이는 남녀의 대립이 아닌 화합과 조화를 강조하는 페미니즘의 시적 미학을 구현한다. 〈호수 위에〉는 각자의 인격이 동등함을 넌지시 귀띔하고, 〈나는 누구인가〉에서 현실의 불균등함에 대해 강하게 거부한다. 시적 자아는 점차 범위를 넓혀 세계로 향한다. 〈스리랑카 어머니의 탄원〉에서 생명의 소중함과 민족적, 종교적, 차별에 맞서 목소리를 높인다. 〈四方壁〉과 같이 도처에 산재한 사회적 불공평한 문제를 두고만 볼 것인가. 기필코 부수고 뛰어넘자는 용기와 〈함께하는 힘 영원히〉의 창조주를 믿고 〈우정의 금자탑〉처럼 뜻을 가진 친구들이 힘을 모아야 한다고 설파한다.

지금까지 시인의 60년대 초기 작품부터 90년대까지의 텍스트를 숙독하였다. 전체적인 표현법에 준하여 초기 작품에는 자연의 묘사와 함께 서정적 이미지와 상징이 짙게 깔려 있고, 존재론적 사유가 풋풋하게 녹아 있다. 중반부터 여성을 향한 연민과 평등사상은 페미니즘을 표방하며, 인간의 존엄성 회복을 끌어들인 심상이 역동적으로 발현되어 선언적 언술의 특징을 보인다. 점차 80~90년대 국가, 사회적 현상과 관련해 참여와 비판의식은 직설화법이 강하게 분출한다.

詩 향기에 촉촉이 젖다 보니 오래 전에 읽은 20세기 모더니즘 문학의 기수 버지니아 울프(Virginia Woolf)의 『등대로』가 생각난다. 빅토리아 시대 가부장제 문화에 지배당한 작가의 자전적 소설로 당시 여성주의 담론의 센세이션을 불러온 작품이다. 주인공 릴리 브리스코가 주변의 남자들로부터 들어온 "여자들은 글을 쓸 수 없다. 여자들은 그림을 그릴 수 없어."와 같은 숱한 빈정거림 속에, 오래 마주한 캔버스 한가운데 강렬하고 선명한 하나의 선을 긋고 "완성했어"라는 독백과 함께 끝을 맺는 마지막 구절이다.

이선애 목사님께서도 험하고 고된 길에서 21세기 여성해방과 자유의 한 획을 긋지 않았는가. *In God's Image* 를 창간하여 글과 행동으로 여성의 존엄성을 깨우치고 사랑과 평등을 몸소 실천하셨다. 자국과 인도, 스리랑카, 마닐라, 싱가포르 등 세계에서 펼친 여성인권 운동은 기꺼이 위험을 무릅쓴 행보였다. 지평을 넓혀간 사랑의 실천이야말로 바로 詩의 모티브이며 그분의 삶이다.

지금은 새로 이사한 남편 박상증 목사님 자택 대문에 걸려 있는, 여전히 박상증·이선애라는 글씨가 나란히 새겨진 문패처럼 손 잡고 함께하신 그 길이 외롭지는 않으셨으리. 시인께서는 나를 친구라 하실 만큼 자신을 낮추며 용기를 북돋아 주셨다. 개인적으로 내게 영어를 가르쳐주시고, 존재의 가치를 심어주신 사랑은 아직도 숨결처럼 따뜻하게 흐른다. 제자들을 양성하고 힘을 모으려 애쓴 시인의 〈우정의 금자탑〉에 필자는 야무진 한 개의 돌멩이라도 쌓았을까. 자문하며 어설픈 감상노트 남은 빈칸에 숙제를 남겨둔다.

- 각주로 쓴 자료는 거주지를 기준으로 영문 약자로 표시하였음

  Kor: 한국, Gv: 제네바, Sg: 싱가포르, US: 미국, Jp: 일본

- 자료 분류자의 이름을 따라 영문 약자를 표기하였음

  KHS (Kang Hee Soo) ─ 강희수

- 자료 장르별 분류는 영문 약자로 표기하였음

  L: 편지, P: 시, N: 소설, Lec: 강연문, S: 설교문, Ar: 논문,

  E: 에세이. Ect: 기타(기행문, 메모 등)

- 자료 분류의 예는 다음과 같음

  이선애, KHS Kor 1-P1: 오늘의 信號, 1963.7.12. : 이선애가 쓴
  자료를 강희수가 분류하였다. 한국에 거주할 당시의 1번 자료노
  트에 실린 시 제목은 '오늘의 信號'이고 1963년 7월 12일 작품
  임.

- 비고

  ⑴ 유고시의 분류는 주제별로 되어 있으며 작품의 연도가 명확
  하지 않은 것은 앞뒤의 내용을 참조하였음. 단 명확하지 않은 것
  은 연도를 기록하지 않았음.

⑵ 유작이므로 최대한 고인의 시적 감각을 그대로 살리고자 했음. 작품들 가운데 현대 맞춤법과 다른 것들이 있으나 고인이 사용한 어구를 그대로 사용하였음.

⑶ 작품 가운데 제목이 없는 것이 있으나 문맥을 중심으로 시평을 한 시인 장기숙의 도움을 받아 저자의 의도를 벗어나지 않는 범위에서 임의로 정하였음.

⑷ 본문에서 각주 표시는 꼭 필요한 경우에만 하였고 참고한 자료들은 참고문헌에 기록함.

강희수. 「아시아 여성신학자 이선애 목사의 생애와 사상」.

　　서울: 이화여자대학교대학원, 2009.

김준오. 『詩論』. 서울: 三知院, 2001.

박상증. 『제네바에서 서울까지』. 서울: 새누리신문사, 1995.

아시아 여성 신학교육원 편. 『아시아 여성들』. 서울: 아시아여 성신학교육원,

　　1998.

오규원. 『현대시작법』. 서울: 문학과지성사, 2002.

이선애. 『아시아 종교 속의 여성』. 서울: 아시아여성신학자료센터, 1995.

_____. KHS Gv1-E: 크리스마스 이브 회고글, 1967년경.

_____. KHS Gv2-P9: 四方壁

_____. KHS Gv7-P1: 무제

_____. KHS Gv9-E1: 남편의 장기 출장(1달 반 이상)으로 아이들과 캠프를 떠났

　　던 기간

이선애. KHS Gv9-E2: 문명한 불친절과 친절

_____. KHS Gv9-Ect: 설문지

_____. KHS Kor1-P10: 서론, 1963. 7. 15.

_____. KHS Kor1-P12: 무제, 1963. 8. 18.

_____. KHS Kor1-P13: 아가의 꿈, 1963. 8. 19.

_____. KHS Kor1-P16: 엄마의 인생, 1963. 10.

_____. KHS Kor1-P18: 무제, 1963.

_____. KHS Kor1-P22: 안즌방이, 1963.

_____. KHS Kor2-P: 무제

_____. KHS Kor6-S1: 오직 여호와를 앙망하는 자는 새 힘을 얻으리라(사

　　40:31), 1988.1.20.

_____. KHS Kor6-L: 아들들에게, 1990. 12. 30.

_____. KHS Kor9-P: 스리랑카 어머니의 탄원

_____. KHS Kor14-P1: 제목 없음

_____. KHS Kor19-L: 진과 존(Jean & John)에게, 1964.1.5.

_____. KHS Kor20-P1: 물

_____. KHS Kor20-P2: 한 여인의 이야기

_____. KHS Jp4-S1: 삶을 택하라(신30:19)

_____. KHS Jp4-Ar: 발리의 힌두사원의 경험

_____. KHS Gv1-N: 재칫국 사려

_____. KHS Gv3-N: 철호와 정순

_____. KHS Gv4-N: 엄마와 아가

_____. KHS Sg10-E1: 기도(Pray)

_____. KHS Sg10-L7: 버지니아 수녀(Sister Virginia)에게

_____. KHS Sg42-Ect: AWRC 만들기 위해 제출한 제안서

_____. KHS Sg43-Ect: 이력서 1989년 매코믹신학교 강사로 갈 때에 쓴 것으로 추측

_____. KHS US1-P: 갈릴리로 가라

_____. KHS US19-E1: 나의 목회관(My Concept of Ministry), 1981.11.10.

이지엽. 『현대시 창작강의』. 서울: 고요아침, 2006.

한국여신학자협의회 20년사위원회 편. 『여신협 20년 이야기』. 서울: 여성신학사, 2000.

AWRC. In God's Image. December, Singapore: AWRC, 1982.

_____. In God's Image. vol.18, no.3, Kuala Lumpur: AWRC, 1999.

_____. Women of Courage. 서울: AWRC, 1992.

Fabella, Virginia & Sun Ai Lee Park, ed. We dare to dream: Doing Theology as Asian Women. 서울:AWRC & EATWOT 아시아지역사무소, 1989.

Sun Ai Lee Park. KHS US19-E2: My Awareness of My Faith in Jesus Christ, and My Commitment to a Faithful Life in Christian Discipleship

_____. KHS US19-E3: Personal Faithness to The Demands of The Office: Mental, PhysicalCapacity, Emotional Stability & Maturity, Sound Ethical & Moral Character

_____. "Love and Peace are Stronger than Power", *Lutheran World*, vol. 22. no.1, 1975.

Sun Ai Park, "Kim Gi Ha's Concept of 'HAN' and His Implicit Theology", M.div. diss. Emory University, 1979.

인터뷰

구춘회. 2007, 11월, 서울시 녹번동 박상증 목사 자택에서

박상증. 2007, 11월, 서울시 녹번동 박상증 목사 자택에서

박승증. 2008, 5월, 경기도 고양시 용두동 갈현성결교회에서

이성호. 2008, 1월, 서울시 녹번동 박상증 목사 자택에서

심치선. 2007, 7월, 서울시 영등포구 여의도동 심치선 교수 자택에서

장기숙. 2008, 2월, 경기도 파주 자택에서

Goh Maria. 2008, 2월 싱가포르 전화 인터뷰

일어서는 길

초판 1쇄 인쇄 2022년 10월 20일
초판 1쇄 발행 2022년 10월 26일
지은이 강희수·이선애

펴낸이 김양수
책임편집 이정은
교정교열 채정화

펴낸곳 도서출판 맑은샘
출판등록 제2012-000035
주소 경기도 고양시 일산서구 중앙로 1456 서현프라자 604호
전화 031) 906-5006
팩스 031) 906-5079
홈페이지 www.booksam.kr
블로그 http://blog.naver.com/okbook1234
이메일 okbook1234@naver.com

ISBN 979-11-5778-568-1 (03800)